「挿入しない」という快楽

セックス・センス

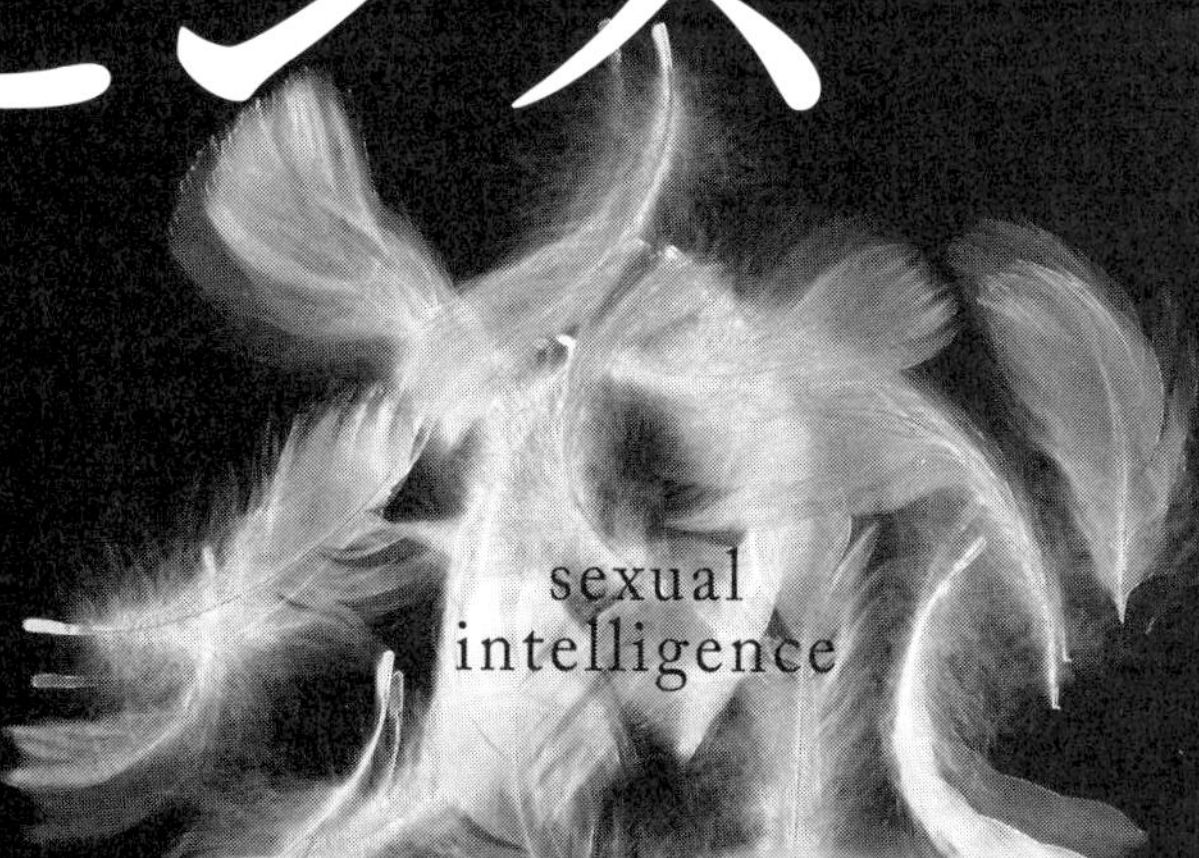

マーティ・クレイン博士（精神科医・セックスセラピスト）
翻訳：河村めぐみ

ブックマン社

SEXUAL INTELLIGENCE
What We Really Want from Sex——and How to Get It
by Marty Klein

Japanese translation rights arranged with
HarperOne, an imprint of HaperCollins Publishers
through Japan UNI Agency, Inc., Tokyo

セックス・センス◉目次

Contents

Dr. Marty Klein

マーティ・クレイン博士

31年以上のキャリアを持つ、アメリカの公認セックスセラピスト、結婚および家庭問題の認可セラピスト。

「セックスについての真実を語る」ことをモットーとし、「人々がセックスに対して満足し自信を持てる」ようになるため、「男と女の性的な探検をサポートする」ことを人生の目標に掲げている。

セックスアドバイス界のスティーブ・ジョブスの異名をとる博士は、人々や、メディアが持つセックスへの固定観念をくつがえし、新しい観点を提案。複雑な内容をシンプルな言葉に要約、ユーモアを交えつつわかりやすく要点を伝える手法で、さまざまな著作を執筆している。

冷静な判断力、広い知性の持ち主として知られていて、今日も誰かのセックスの悩みを解決している。

はじめに

皆セックスで悩んでいる

Introduction

No Wonder Most People Don't

以下の質問に○か×でお答えください。（解答は20ページ参照）

●バイブレーター、手錠、ディルドー（男性性器を模した性具）、アナルビーズ（肛門に挿入して快感を高める性具）は、すべてAmazonで購入できる。

●アメリカ人成人男女の86％が「マスターベーションをしている」と回答している。

●バイアグラ、シアリス、レビトラなどのＥＤ治療薬を試してみる男性は多いが、継続して服用するケースはごくまれである。

●スパンキング、鞭打ち、目隠しなどのＳＭ愛好者が、過去に虐待を受けた経験のある確率は、ＳＭ愛好者でない人たちとまったく変わらない。

●セックスで毎回射精する男性は、年齢を問わず少ない。しかし男性が射精に至らなかったとき、女性の多くが、自分に魅力がないからだと考える。

●大学生を対象にした２０１０年の調査によると、オーラルセックスは、いわゆる〝セックス〟の範疇だと答えた学生はわずか20％である。

●アメリカにおけるポルノ産業の年間売上額は、四大プロスポーツ（野球、アメリカンフットボール、バスケットボール、アイスホッケー）の観戦チケットの年間売上額の合計よりも多い。

●乱交パーティーに行ったアメリカ人は年間100万人を超える。

●アメリカで発行されるペーパーバック（※安価なつくりの単行本）の半数は官能小説である。統計によれば、アメリカ人成人の2人に1人が年に最低1冊は官能小説を読んでいることになる。平均的な愛読者は年に50冊も読んでいる。

●アメリカのほとんどの学校では、性教育の授業のなかで〝クリトリス〟または〝プレジャー（性的な歓び）〟という言葉を使うのを禁止されている。

セックスは体でするものではなく、頭でするものです。

私たちはセックスを難しく考えすぎる傾向があり、それがセックスを複雑にしているのです。私が本書を執筆したのは、皆さんのセックスに対する先入観をなくして、セックスをより楽しむ手助けをしたいという思いからです。セックス・セラピスト、結婚カウンセラーとして30年以上にわたって多くのカップルの相談に乗ってきましたが、ほとんどの相談者は私のアドバイスでセックスを簡単に、より楽しく行えるようになっています。多くの場合、回数も増えています。

若いときはホルモンの影響で性欲が旺盛なせいもありますが、性への好奇心や、自分を証明したいという強い思いが欲望をかきたてます。**私たち人間は常に発情している生き物なのです。欲望を抱いた相手との深く原始的な結びつきを求めます。**体がファスナーで開くようになっていて、相手が中に飛びこんできてくれたならどんなに素敵でしょう。

もう少し大人になると、ホルモンの影響ではなく、特定の相手への愛情からセックスを求めるようになるとされています。

「君は素晴らしい、僕にぴったりだ。君が欲しい」と感じる日が訪れるのです。

そして、恋をすると誰もが相手を理想化し、欲望を抱きます。

そのまま関係が進展し、ようやくお互いを理解するようになった頃に陥るのが「マンネリ」です。新鮮さを保つためには、週末、ふたりで旅行に出かけたり、部屋の模様替えをしたり、新しい方法でセックスをしてみたりといった努力が欠かせません。そして、相手を理想化しなくなった頃、もはや愛情は欲望をかきたてる手立てにはなりません。日々の生活に追われ、セックスを楽しむ余裕がなくなっているはずです。回数が減り、おざなりになります。その両方ということもあります。

知り合ったばかりで、セックスが新鮮で楽しいときは、愛し合うのに負担はありません。

相手に「ノー」と言われるのでは……と気を揉むことはありませんし、そもそも「イエス」と言われたらどうしよう……などと考える人もいません。ところが、セックスの回数が減るにつれてますます気まずくなり、相手を誘うまでに時間もかかるようになり、拒否されるかも……という不安も増します。

こんな煩わしい思いをするくらいなら、無理にセックスをしなくてもいいと感じるようになります。だから、うまくいっているカップルは、セックス以外の楽しみを見出しているものです。散歩や料理をしたり、テレビを見たり、子供たちの写真を撮ったり、クロスワードパズルをしたりといった具合に。一緒に過ごせる自由な時間が限られ、セックス以外に楽しめることがあるカップルは、無理にセックスをしようとは思いません。今さら気恥ずかしいし、うまくいかなかった場合に相手を非難して、かえって関係性が悪くなるだけだと分かっているからです。長く続いているカップルには共通の特徴があります。セックスの回数が少ない代わりに、ふたりでもっと簡単に楽しめる何かをしているのです。

甘いだけの最初の数年を過ぎた後でも、生活の一部としてセックスを楽しみたいのなら、ホルモンによって引き起こされる欲望や、愛し合っているという陶酔感をあてにするのはやめましょう。退屈凌ぎにセックスをする、という流れも期待できません。

そもそもセックスとは、不条理きわまりない行為なのです。手軽に楽しめる他の娯楽と違い、確実に快楽を得られる保証はなく、自分自身や相手を失望させるのではないかという不安が常につきまといます。

それにもかかわらず、私たちがここまでこだわってしまう「セックス」とは、一体何ものなのでしょうか？

初体験を迎える頃、私たちの肉体は若く、みずみずしさに溢れていますが、30歳になる頃にはほぼ例外なく若さが失われてしまいます。

では40歳では？　見事なスタイルを維持し、異性を惹きつける魅力を保っている人もまれにいますが、10代や20代と変わらない若々しい肉体を維持している人はほとんどいません。あなた自身、自分の肉体の変化は、嫌でも感じていることでしょう。

肉体が衰えたにもかかわらず、若いときと同じように、すぐに濡れたり、硬く勃起したり、ふたり同時にオーガズムに達するのが「ノーマルなセックス」だと考えていると、問題が生じてきます。うまくいかなかったときのことが心配になり、セックスが億劫になり、パートナーの求めに応じなくなったりするのです。

逆に、セックスに対する幻想を捨て、体がたるんでいる、パートナーが若くない、時間と場所の制約がある、セックスにトラウマがある——など、今現在、あなたが抱えているさまざまな事情に即したセックスを思い描くことができれば、満足できる確率も高くなり、より積極的になれます。それには、欲望とは何か？　性的に興奮するとはどういうことなのか？　……性的な〝機能〟または〝機能の喪失〟についての考えを少し改めなければなりません。

ここはひとつ、**勇気を出して自分のセックス観を変えてください。**

もちろん、現実を受け入れるのは楽ではありません。もっと若ければ……とか、昔と同じようなセックスができれば……という想いに駆られることもあるでしょう。だからこそ、現実と折り合いをつけなければならないのです。現状を受け入れ、固定観念を捨て、高望みせず、ユーモアのセンスと謙虚な気持ちで積極的にトライすれば、十分に楽しい時間を過ごすことができます。

これを知らないばかりに、セックスを楽しめない人のなんと多いことか！

本書には、私が出会ったさまざまな患者さんが登場します。基本的には、皆さんいい人たちばかりですが、**完璧主義ゆえに、自分自身でセックスを難解なものにしている**という共通点があります。

女性はいくつになっても、若くて女らしくありたいと願い、そのための努力を惜しみません。

もちろん、彼女たちもときには弱気になったり、悲観的になったり、無気力になったりします。そんなとき、皆さんそれを〝セックスのせい〟にします。**セックスがうまくいかないのは、更年期だから、お金の心配があるから、おっぱいが小さいから、〝ストレス〟があるからと、とにかく自分の周辺に原因を求めます。**自分の患者さんを悪く言うつもりはありませんが、残念ながらこのような人たちがセックスの価値を貶めているのです。

セックスはあくまで自然なものでなければならない、彼女たちはそう考えています。お互いのムードが高まったとき、無意識のうちに行われるものであってほしいと願っているのです。「年齢に見合った大人のセックスをする努力をしてみなさい」。そう私が言うと、多くの人が拒否反応を示します。そして、若い頃と同じようなセックスをしようとして、うまくいかずに失望し、束の間の情事や官能小説、チャットやポルノに逃避し、実生活での欲望が減退してしまうのです。

さあ、今こそ若さにしがみつくのをやめ、セックスについて学び直すときです。〝セックス・センス〟について私と一緒に学びましょう！

セックス・センス＝情報＋心のスキル＋体を知ること

●セックス・センスとは、セックスの最中に何が起きても、その行為を客観的にとらえることができる能力のことです。
●セックスからより多くの実りを得るためには、あなた自身が変わらなければなりません。変わるためには新たな視点でセックスをとらえる必要があります。セックス・センスとはつまり、この視点のことです。
●セックス・センスは、それぞれの年代で、それぞれ異なる効果をもたらします。20代は官能の世界を探求するのに役立ちます。30代ではパートナーとの絆を深め、セックスのリズムを確立するのに、40代になると寛容になり、変化を受け入れるのに、50代では思春期のセックスから卒業するのに、そして60代以上は、新たなセックスのスタイルを確立するのに役立ちます。

本書は、あなたのセックスがなかなか改善されない理由を知る手助けにもなります。希望は捨てないでください。あなたがまだ試していない有効な方法があります。

- ●バイアグラでEDが解消しても、多くの人がセックスに満足できないのはなぜか？
- ●新しい体位を覚えても、セックスの不満が解消されないのはなぜか？
- ●セックス・セラピーで一番多い相談が、性欲に関することなのはなぜか？
- ●性欲の問題が、未だにセックス・セラピーで最大の難関になっているのはなぜか？
- ●エロサイトのユーザーが爆発的に増加したのはなぜか？　なぜこれだけ多くの人が、素人の作ったポルノを楽しんでいるのか？
- ●セックスに不満があると、気分まで落ちこむのはなぜか？

本書でセックス・センスを身につければ、セックスで本当の自分を表現できるようになります。バイアグラを服用したり、ローションを使ったり、体を鍛えたりしてもセックスの本質がよくなるわけではありません。

セックス・センスはあなたのセックスを成熟させ、大人のセックスへと導く道標《みちしるべ》となります。ホルモンの影響から卒業して、自分が求める愛し合い方ができるようになります。

さあ、もうセックスに支配されることはありません。あなたがセックスに合わせるのではなく、あなたに合ったセックスができるようになるのです。

30年以上にわたって、欲求不満に陥った、怒り、悩める人たちのカウンセリングをしてきた結果、**〝満足できないセックス〟には共通点があるのに気づきました。一方で、満ち足りた、〝人生を肯定するセックス〟は千差万別です。**カップルの数だけ、違ったセックスがあります。みんな違って、みんないい。セックス・センスをどう活用するかは、あなた次第です。

さて、冒頭の◯×問題の解答ですが、もちろんすべて「◯」です。

第１章

人はセックスに何を求めているのか？

Chapter 1

What Do People Say They Want from Sex? What Do They Really Want?

新しい彼女ができたが、どうしてもその気になれない。

――68歳、バツイチ男

彼は、単刀直入にこう訊いてきました。「先生、私はどうしてセックスをする気にならないんでしょう？」

彼、カールトンは68歳。気さくでほがらかな元エンジニア。リナというガールフレンドができたと話してくれました。「63歳の女性をガールフレンドと呼ぶのはおかしいかもしれませんが」と笑って言います。

彼は昨年、30年連れ添った妻と離婚しました。気の毒な話に聞こえますが、夫婦仲はしばらく前から冷えきっていました。不動産関係の仕事をしていた妻のジュヌビエーブは、仕事で成功する夢も母親になる夢もついにかなわず、夫につらくあたるようになりました。カールトンはそんな妻と向き合わずにすむよう、朝から晩まで働き、人づき合いも避けるようになりました。もともとセックスに熱心なほうではなかったので、セックスレスになるのに時間はかかりませんでした。

愛想を尽かした妻についに離婚され、ひとりになった8カ月後、友人の紹介でリナと知り合いました。「彼女はとても親しみやすく、生き生きとして輝いていました」。何度かランチをともにするうち、午後を一緒に過ごすようになり、やがて、夜をともにするようになりました。「彼女はキスが好きで、私のキスを上手だと褒めてくれたんです」カールトンは照れくさそうに言いました。そんなことを言われるのは18歳のとき以来だそうです。「それから、すぐに深い仲になりました。午前中ずっとベッドで過ごしたこともあります。いやあ、楽しかった！」

午後は外出し、ハイキングやサイクリングをしたり、古い映画を観たり、美術館巡りをしたりしました。自分が音楽好きなことも再発見し、まるで夢のようなひとときでした。

しかし、セックスに関しては意見が一致しません。リナはセックスをしたがりましたが、カールトンは違います。なぜしたくないの？　と彼女に訊かれても答えられず、私のセラピーを受けるよう勧められたのです。

「どうして私はセックスをする気にならないんでしょうか？」

「自分ではどうしてだと思いますか？」私は訊き返しました。

「彼女に言わせると、私は男としての役割を担うのをためらっているそうです。離婚で自信を失ったばかりなので」

「あなたもそう思っているんですか？」

「そんなことはないと思うんですが、自分でもよく分からないんです。皆セックスが好きなんじゃないですか？　リサはそうだと言うんです。私もきっと好きになるはずだと。私はどこかおかしいんでしょうか？」

「それなら」私は逆に尋ねました。

「どうしてセックスが好きじゃないといけないと思うんですか？」

「そんなことは考えてもみませんでした。皆好きなんじゃないんですか？」

「あなたは今、人生で最高のセックスをしているんですよね、カールトン？」

「そうです」

「情熱的な美しい女性と毎日キスをして、ときには裸の体に触れて素晴らしい時間を過ごしている。そうでしょう？」

「ええ」

「お互いにオーガズムを感じ、歓びを感じている。愛し合っているあいだ、ずっと見つめ合っている。それ以上、何を変える必要があるんです？」

カールトンはしばらく考えてから、静かに言いました。

「それでもリナは、私がセックスにもっと積極的になるのを望んでいます。私に求められることで、自分がまだ女であることを確認したいんだそうです。もちろん、彼女には欲望を感じていますよ！　しょっちゅうそう言っているし、ちゃんとセックスもしています。本当は、全然そんな気分じゃないときでさえも……」

カールトンはけっして〝怠惰な恋人〟ではありません。リナとのセックスや親密な行為を楽しんでいます。でも、あれこれ指図されることに反発を覚え始めているのも事実です。

「彼女は私がセックスをしたがらない理由を勘ぐっていて、それをいちいちなだめるのにうんざりしています」

リナはカールトンに〝男らしく〟貪欲に愛してほしい、と訴えましたが、当のカールトンは「とてもそんな気にはなれません」と眉をひそめます。〝男らしく〟振る舞うのを恐れているわけではなく、そこまでグイグイはいけないだけだということは明らかでした。リナに迫られれば迫られるほど、苛立つ自分が怖かったのです。

「カールトン、あなたは眠りの森の美女のようですね。リナと出会って、あなたは目を覚ました。それは素晴らしいことです。知り合ったばかりの頃は、人生を取り戻す水先案内人として彼女を歓迎した。しかし、数カ月たって、彼女の強引なところや自信のなさがそれほど魅力的に思えなくなっているんです」

「おっしゃるとおりです」カールトンは強く頷きました。

「これからも一緒にいたいと思っていますが、セックスにまであれこれ指図されたくありません。彼女好みの男に改造させられるなんて、まっぴらですよ」

事実、カールトンがリナとのあいだに距離を置き始めると、ふたりの関係は破局寸前になりました。それでも腹を割って話し合った結果、自分自身と相手への理解がより深まったということです。

「相手を満足させなければならない、というプレッシャーから解放されたら、セックスにもっと興味が湧くかもしれません。とりあえず、どういうセックスが最高かということにはこだわらず、楽しめればいいんじゃないかということで意見が一致しています。彼女もしばらく様子を見て、それからまた話し合いましょうと言っています」

皆は何と言っているか？

男性と女性はそれぞれセックスに何を求めているのでしょうか？

オーガズム、〝親密さ〟、「自分が求められている」と感じること、フェラチオ、たくさんのキス、硬いペニス、軽いスパンキング……と答えは多様です。少数意見ながら〝相手を満足させる〟という回答もあります。

その一方で、全員の回答には、ある共通点があります。要約すると、**誰もがセックスに求めるものは〝歓び〟と〝親密さ〟、またはそのふたつが混じり合ったようなものということになります。**しかし、セックス・セラピストとして一言、申し上げておきましょう。セックスの真っ最中〝歓び〟や〝親密さ〟に注意を払っている人はほとんどいません。

それでは、人はセックスの最中、どんなことに注意を払っているのでしょう?

●相手にどう見えるか
●におい
●声
●相手が嫌がること(例:肩を噛む)をしていないか
●痛みを我慢する。または相手に痛い思いをさせないようにする
●早くクライマックスに達する
●あまり早くイカないようにする
●勃起または濡れた状態を持続する
●感情を抑える
●〝ノーマル〟な反応をする
●自分がしてほしいこと(例:クリトリスを愛撫されたい)をさりげなく相手に示す

セックスに求めているものと、実際のセックスでしていることが違えば、満足できないのは当然です。

でも、皆さんこう言います。感情をグッと抑えたり見た目を気にしたりするのは、よりよいセックスのためだと。「私の大きなお尻に幻滅されたくないから、バックではさせないの」とある女性は言います。「彼女がフェラチオにうんざりしていないかどうか、その最中は、いつも彼女の表情を確かめているよ」と言う男性もいます。

また、多くの人が、とりわけ自分の性器がどうなっているか気にしています。「妻を満足させられるだけ長く勃起していられるか不安」「なかなかイケないときは、急いだり、イッたふりをしたりすることもあるわ」。自分のペニスやヴァギナの状態ばかり気にかけていては、歓びや親密さを追求することはできません。気にかけたほうがセックスが充実すると多くの人が思っていますが、まったくの誤解です。

多くの人はセックスをしているとき、相手にどう見られているか、変な声や音を発していないか、イヤなにおいや味がしないか気にしています。これは、仕事や洗濯について考える以上に気が散ります。自分が相手にどう見えるか気になり出すと、自分自身を細かくチェックせずにはいられなくなります。相手に異常だと思われないか、どこまで演技をすればいいのか（これが男と女がイッたふりをする理由のひとつ）、常に気にしなくてはいけなくなります。これでは満足できないのも無理はありません。

おろしたての上等な白いシャツを着てディナーを楽しもうとするようなものです。染みをつけないか気になって、食事を楽しむどころではありません。

他のことが気になるのはなぜか？

大きく突き出たお腹、アンダーヘアの白髪、張りのなくなったおっぱい（ちなみにおっぱいは年をとるとたるむのではなく、〝リラックス〟するのです）、挿入した後も勃起を持続できるかという不安、においに対する恐怖……私たちはなぜセックスの最中、こうしたことが気になるのでしょうか？　理由のひとつは、私たちが若さ＝セクシーさだと決めつけているということ。性的な満足を得るためにはセクシーでなければならないと思いこんでいるからです。そしてもうひとつの理由は、私たちがセックスに歓びと親密さ以外のものを求めているからに他なりません。

〜私たちがセックスに求める感情的欲求〜

●性的に求められているという自信
●性的な能力があるという自信
●男らしさ、女らしさの証明
●自分は正常だという安心感
●セックスがうまくいかないのではないかという不安からの解放

意識的であれ無意識であれ、私たちはこのようなことを求めてセックスしています。環境や肉体が変化しているのに、セックスの方法を変えないのはそのためです。その結果、セックスとはまったく関係のない欲求を満たそうとして、セックス自体が大きなストレスとなってしまうのです。感情的欲求を満たすのに、セックスは最善の方法ではありません。

いや、セックスの最大の利点は自信を取り戻し、自分の価値を見出して安心することだと主張する人もいるでしょう。もちろん、セックスで得られる肉体的な歓びや親密さは、他の行為では得難いものですが、自分が健康で健全だと信じられることに勝るものはありません。**私はセラピーを通じて、多くの人がセックスにこうした自尊心を求めているのを知りました。**

あなたがセックスに歓びや親密さを求めていないと言っているのではありません。ほとんどの人はそのふたつを求めています。しかし、それは先に挙げた感情的欲求が満たされたうえで、という条件がつきます。

当然、このことに気づいていない人は少なくありません。テクニックが上達しさえすれば素晴らしいセックスができ、感情的欲求が満たされると思っていると、いつまでたってもその望みは叶わず、やがてセックスが鬱陶《うっとう》しくなります。セックスの最中に孤独を感じるのが当たり前になり、自分らしさを感じることができなくなるのです。

私の患者さんが「セックスが以前ほど素晴らしくなくなった」とか「何か物足りないけれど、それが何なのか分からない」と嘆くのはこれが原因です。

たとえば、**〝男らしさ〟とは、どんなに疲れ果てていても勃起していること、〝性的な能**

力がある〃とは、毎回満足いく射精ができることなどと決めつけると、性的な〝成功〟はどんどん遠のくでしょう。

セックスのあいだ、歓びや親密さに注意が向かない理由はここにあります。**自分では気づいていないかもしれませんが、あなたは同時に何か別のものを探しているのです。多くの人がセックスに満足できないのもこれが原因です。セックスはあなたが本当に求めているものを与えてはくれないからです。**どんなに性的能力が優れていても関係ありません。仮に精神的満足感が得られたとしても、それはまったくの偶然にすぎないのです。

パートナーとこの問題について話し合わないと、また孤独を味わうはめになります。自分が望むセックスをするためにはパートナーの協力が欠かせないのです。

あなたがセックスにもっと深い〝コミュニケーション〟を求めているのなら、この機会にパートナーと話し合ってみましょう。現在、オーガズムを感じている、いないにかかわらず、それだけでは物足りないと伝えるのです。でも、けっしてパートナーに、素晴らしい感情的な体験を〝もっと与えてほしい〟と言ってはいけません（いかにもつまらない、骨の折れる仕事をさせるみたいではないですか）。セックスはふたりの共同作業だと思っている、もう少しステップアップしたいと提案しましょう。

もしかして、あなたもセックス恐怖症？

多くの人にとって、セックスはうまくいったか、いかなかったかの2点で語られます。傷ついても傷つかなくても、失望してもしなくても、パートナーを困惑させてもさせなくても、ぶざまでぎこちない姿を晒しても晒さなくても、バカなことをしてもしなくても、すべて〝成功〟か〝失敗〟かで判断されます。私たちは自分の体が〝すべき〟こと（たとえば勃起する）をせず、してはいけないこと（たとえばベッドを汚す）をしてしまうのを心配します。多くの男女にとって、「取り返しがつかないようなヘマをしなかった」だけで十分に〝成功したセックス〟と言えるのです。

後で触れますが、セックスの素晴らしい点のひとつは、私たちが〝成功〟の定義を根本的に変えさえすれば、何が起きても許される、つまり成功も失敗もない自由で解放されたものにできるということです。**性的に完璧である必要などないのです。**

とはいえ、多くの患者さんからセックスがうまくいかないのではという不安の声を聞くのは事実です。あなたも、こんな不安が頭をよぎることはないでしょうか？

●「彼女は自分の誕生日にセックスをするのを期待しているが、その日にそんな気分になれるか分からない」
●「しょせんミーガン・フォックスやアンジェリーナ・ジョリーにはなれない」
●「先週つき合いはじめたばかりのカップルと出かけた。ふたりのアツアツぶりにすっかり気後れしてしまった」
●「勃たないのは、自分か相手に原因があるとオプラ・ウィンフリー（※アメリカの俳優、テレビ司会者兼プロデューサー）が言っている」
●「ガールフレンドがダイエットして、新しいランジェリーを買ったと言っている。しかし、もしその気になれなかったらどうすればいい？」
●「完璧な土曜の夜。早くイキすぎて台なしにしたくない」
●「1週間セックスをしていない。明日には子供たちがキャンプから帰ってきてしまう」

●「先週、映画を観ていたらラブシーンが出てきて、気まずくなった」

ほとんどの人が、セックスがうまくいきさえすれば、性的な満足を得られ、〝失敗〟やパートナーの〝失望〟から逃れられると思っています。しかし、**性的な機能は意志の力でコントロールできるものではありません。意志の力で勃起したり、濡れたりすることはできないのです。**むしろ、うまくやらなければという思いがプレッシャーを生み、**誰もが恐れる「セックス恐怖症」の罠に陥ってしまうのです。**これは明らかな間違いです。セックスをうまくやることだけを考えるのは、百害あって一利なしです。

それでは、実際に人はセックスに何を求めているのかという話に戻りましょう。

人がセックスの最中、あるいは前後に感じているものとは何でしょう？　以下は私の臨床経験から得た情報です。

●飾らないありのままの自分

- 若さ
- 美しさ
- 情熱
- 全能感
- 自分は魅力的だという意識
- 自分は有能だという意識
- 自分は特別だという意識
- ふたりで創意工夫してセックスを盛りあげている気分
- 安堵感

実際にこのように感じられたなら、素晴らしいですよね。**問題は、そう感じたときにリラックスしているかです。**そうでないと、得られる歓びが限られてしまいます。ベッドを汚したり、萎えたりするのを心配しながら「魅力的だ」と言われてもどれだけ喜べるというのでしょう？

セックスへの先入観を捨てよ

人はいくつになっても、セックスの最中、若いときに感じたこと、あるいは他の若い人が感じているであろうことを感じたがっています。ですから、よくこんな声を聞きます。

●「セックスは自然なものであってほしい」
●「会話はいらない。とにかく、最後まで滞《とどこお》りなくこなしたい」
●「どうして自然にセックスができないんだろう？　あれこれ神経を使い、すっかり面倒になってしまった」
●「セックスのことばかり考えていると、ロマンチックな気分も神秘的な気分も感じなくなってしまう」
●「セックスのことばかり話していると、セックスが義務的なものになってしまう」

エロティシズムとは、かように繊細ではかないものです。皆さんがセックスに不安やストレス、怒りを感じるのも無理はありません。若いときはとても単純なことに思えたのに、今ではすっかり難解になってしまったと、大勢の男女が嘆いています。

人は青年期（18歳から25歳くらいまで）に、性に関して多くの疑問を抱き、悩みながらその答えを見つけていきます。**自分にとってセックスとは何か？　性的な欲望と、どう折り合いをつけていけばいいのか？　セックスは人生でどんな役割を果たすのか？　性的な満足とは、あるいは不満足とはどういうことか？　そのときは、それぞれどう対処すればいいのか？**

若い肉体を持ち、若いライフスタイルを送っているときに、その人のセックス観が決定されます。**〝欲情する〟とはどういうことなのか？　男性はセックス好きな女性を本当はどう思っているのか？　避妊は本当に重要なのか？　男らしいセックスとはどういうものか？　オーラルセックスはセックスと言えるのか？**　このような数百の疑問の答えを見出し――若い肉体と若者特有のライフスタイルの時代に、ということをお忘れなく――理想のセックスや性的魅力に対する観念が定まります。

肉体やライフスタイルの変化に伴って、当然セックスに対する考え方も変えるべきです。

私の患者さんの多くが、**セックスに対する10年、20年、30年前の考えを、それを支えられなくなった体とライフスタイルに一致させようとして苦労しています。**彼らは古い考え方を改めようとはせず、自分やパートナーに何か異常があるのではないかと疑い、治療してほしいと訴えます。このような訴えに対して、あなたは〝機能障害〟だと断じるセラピスト（あるいは薬や化粧品、アルコールのコマーシャル）は枚挙に暇がありません。でも、15年も前に抱いた幻想を持ち続けているためにセックスがうまくいかないのは、〝機能障害〟でもなんでもありません。これは若さを絶対視する文化と心理学が引き起こした誤りです。

私は患者さんに対し、彼らがセックスについて抱いている考えがいかに時代遅れで、単なる先入観や神話にすぎないかを指摘し、考えを改めるようにアドバイスします。このときセックス・センスはとても有効です。長年抱き続けたセックスに対する幻想を手放すのは悲しく、怒りや絶望を伴いますが、それらの感情を受け止めることで初めて、新しい、より現実的な考えを生み出せるようになるのです。

患者さんに自分自身と人との関係を直視するよう果敢に挑んでいる心理学者のアーヴィ

ン・ヤロムは、かつて〝愛の死刑執行人〟（1989年に出版された古典的名著のタイトル）と呼ばれていました。ときどき、私も〝若さの死刑執行人〟とか〝毒舌家〟と呼ばれます。ほとんどの患者さんは真実を知らされて感謝しますが、真実を聞くのは耳の痛いことでもあるからです。

さんざん厳しいことを言ってきましたが、**セックスはあなたがその気になれば、深い満足と歓び、親密さを味わえる行為となります。**でも、それには何が得られれば満足か、改めて考え直す必要があります。

たとえば、あなたがセックスで若さや美しさ、自信、ありのままの自分を感じたいのなら、完璧ではない体と完璧ではない〝機能〟（若いときとは明らかに違います）に合わせてハードルを下げればいいのです。背中が痛くなったら、パートナーをせかして自分も痛い思いをするのではなく、ペースを落としましょう。ベッドを濡らしてしまうのが心配なら、タオルを敷けばいいのです。たくさんキスをしたいのなら、ただ願っていないでその希望を伝え、自分からもキスをしましょう。キスよりもスパンキングのほうが刺激的だと思ったら、正直にそう告げることです。口が渇く薬を飲んでいるのなら、ナイトテーブルに水を置いて、セックスのあいだに飲めばいいのです。ローションも同様。年齢とともにおっぱいがだらしなくなってきても、現実を受け入れましょう。一晩でぴんと上を向くような奇跡は起きません。あきらめて現実を受け入れれば、あなたのおっぱいはもう二度とセックスを楽しむ障害にはならないでしょう。

数年前、私は南部の大学で、セラピスト養成課程の学生相手に性についての講義を行いました。学生が私の考えを完全に理解していないようなので、こんなたとえ話をしました。人を招待するとき、良いホストはこう尋ねます。「何か食べられないものはありますか?」。良いゲストはアレルギーがあると正直に答えます。そうすれば、ホストはゲストの口に合う料理を作ることができ、ゲストもホストも気まずい思いをしないですみます。

ひとりの女子大生が私の意見をあざ笑いました。「私が先生をディナーに招待するなら、何も訊きません。自分が作りたいものを作って出します。気に入らなければ、食べなければいいんです!」。なんでもかんでもセックスにあてはめて考えるのはどうかと思いますが、私はこの女子大生のディナーに招待されたいとは思いません。あなたはどうですか?

セックスは、手段であって、目的ではない

セックスで快感を得るには、あなたのペニスや外陰部が若かったときと同じように(あるいは正常に)反応しなければならないと思っている人は多いはずです。でも、**性的な機能はあくまでも目的のための手段であって、目的そのものではありません。勃起したり、濡れたり、オーガズムに達するのがセックスの目的であるかのように語られていますが、それがあなたの考えるセックスだとしたら、あまりに貧困だと言わざるをえません。**

若いときと同じようなセックスはできないと気づくことが、セックス・センスの重要なポイントです。当然、この事実が受け入れられない人もいます。意識を変え、セックスを楽しむ方法を学ぶのを拒否し、アンチ・エイジングにしがみつきます。結局のところ誰にとっても、若さは取り戻せないという現実を受け入れるよりは、これは一時的な問題でいずれ解決すると思うほうが楽ですからね。

この事実を受け入れられない人は、無意識のうちに、老化や迫りつつある死を否定している場合があります。これは60歳の人だけではなく、30歳の人にも起こりうる現象です。

このような人たちはセックスよりも重大な、生死に関わる問題を抱えていると言ってもいいでしょう。

いつまでも情熱を失わずにいたいという気持ちは理解できます。本書を最後までお読みになれば分かりますが、情熱を持つことは可能です。ただし、あなたが思っているような情熱ではありません。**大人が情熱を感じるのは、素晴らしいセックスや完璧なボディにではなく、感情を解放したときです。**これについてはのちほど詳しく触れます。

リラックスして自分らしいセックスをする妨げになる問題がもうひとつあります。これが気になると、セックスの前後も最中も楽しめません。もうお気づきかもしれませんが、性的にノーマルでありたいという願望と、自分は異常なのではないかという疑い（あるいは、不安）です。

次の章では、なぜ多くの人が〝ノーマル〟であることにこだわるのか、詳しくお話ししましょう。

第2章

私はノーマル？
“ノーマルなセックス”に囚われると、なぜ楽しめなくなるのか

Chapter 2

Am I Normal?
Why Focusing on “Normal Sex” Undermines Sex

あっという間に終わってしまって、セックスが全然楽しくない。

――40代、まじめなカップル

40歳になる高校教師のトーマスと会計士のダニは、人も羨む理想のカップルです。ただし、セックスを除いては。

そこで、ふたりは私のセラピーを受けることになりました。「僕たちは愛し合っていますが、どちらもセックスに積極的ではありません」。トーマスは言いました。「そうなんです。お互い緊張してしまって、あっという間に終わってしまうんです。セックスは本来楽しいもののはずなのに、全然楽しめません」とダニ。

トーマスとダニはわずかな時間の逢瀬（トーマスが月曜から金曜の通常勤務なのに対し、ダニは土曜も出勤し、週に2度の夜勤がある）を楽しんではいましたが、セックスに疎遠なことが、ふたりの心に暗い影を落としていました。積極的になれない理由を尋ねると、似たような答えが返ってきます。「お互いナーバスになってしまうんです」とダニ。「ふたりともストレスを抱えているんです」とトーマス。「私たちにはもともとセックスをする習慣がないので」とダニが言えば、「どちらも仕事が忙しくて、ベッドに入る頃には疲れ果てているんです」とトーマス。

「おふたりとも、〝私たち〟ばかりで、一度も〝私〟と言っていないのに気づいていますか？」私は問いかけました。

「もう一度やってみましょう。どうしてセックスをする気になれないのか、それぞれの理由を聞かせてください」

緊張した沈黙の後、トーマスが恥ずかしそうに言いました。「勃たないんじゃないか、たとえ勃ったとしても、早くイキすぎてダニを失望させてしまうんじゃないかと心配なんです。反対に、興奮しすぎて彼女を怖がらせてしまうのも」

原因が少し見えてきました。

「ダニ、あなたは？」

「彼がそのことを心配しているのは知っていました。悩んでいる彼を見ていると気の毒になってきて、自分から誘う気にはなれません。それに、セックスをしているときに私を歓ばせようと頑張っているのを見ていると、何だか申し訳なくて」

「トーマスが何も悩んでいなかったら、もっとセックスをしてみようという気になりますか？」

これは長年の経験から学んだことですが、セックスを〝したくなりますか〟と尋ねるよりも、〝してみようという気になりますか〟と尋ねたほうが、はるかに多くの答えを得られます。「それでも……」ダニも恥ずかしそうに打ち明けます。

「私はいつもオーガズムを感じるわけではないんです。イカなければ、彼をがっかりさせてしまうんじゃないかと、そのことが気になって。だから、疲れていたり、気がかりなことがあったりしてイキそうにないときや、時間がかかりそうなときは、自分からは誘わないですね」

その後、彼女は突然こう言いました。

「彼には私よりももっとふさわしい相手がいるんだわ！」

問題の根は深そうです。ふたりがこうした診療費用もおりる医療保険に加入していたのは幸いでした。彼らには長期間のセラピーが必要に思えました。

トーマスとダニは、オー・ヘンリーの短編『賢者の贈り物』に登場するカップルを思わせます。クリスマスプレゼントを買うために、女性は長く美しい髪を切り、それを売って恋人が大切にしている懐中時計の鎖を買います。一方、男性はその大切な懐中時計を売って、恋人の美しい髪を飾る高価な櫛を買います。当然、プレゼントは無駄になってしまいますが、ふたりの愛は深まりました。

私はふたりにこう言いました。

「完璧なセックスをしようとすると、萎縮してしまって、たとえうまくいったとしても楽しめません。ですから目標を変えましょう。うまくやろうなどと考えずに、ふたりで何か他のことをするようにしてみたらどうですか？　一緒に食事に出かけたり、DVDを見たりといった過ごし方からどんな言葉を連想しますか？」

すぐにふたりから返事が返ってきました。楽しい、くつろげる。「ダラダラしているだけという気もするな」とトーマスが言い、ふたりは一緒に笑いました。

「素晴らしい」と私は言いました。「すぐに言葉が思い浮かぶカップルばかりではないんですよ。でも、あなた方の口からはすぐに出てきた。他のことをして愛し合ってみたらいかがですか？　簡単なことですが、とても効果があります」

もちろん、ふたりにも異論がありました。ベッドに入って何も起きなかったら？　どちらかが身勝手な振る舞いをしたら？　どちらかが〝変態じみた〟ことをしたがったら？　どちらかが満足できなかったら？

これは保守的な考えの人によく見られる反応です。

「ふたりとも、今のあなたたちからは想像もつかないような本性を、ひた隠しにしているわけではないでしょう？　ひどく利己的な人間でもないし、ましてや〝変態〟でもない。ふたりともクリエイティブですが、セックスではお互いに遠慮してしまう。だから退屈になってしまうんですよ」とわたしがかすかに微笑むと、ふたりは顔を見合わせました。

「ときには予想もしなかったような事態になる可能性もあります。同じことをするのに飽きてしまったり、ふたりのうちのどちらかが、相手より積極的になったりする場合もあるでしょう。何も起きないこともあるでしょうし、楽をして相手に何から何までやってほしいときもあるでしょう」

思い当たる節があるとでもいうように、ふたりが笑いました。誰にでも経験のあることです。

「予想外のことが起きるから、いつまでも相手に興味を失わずにいられるんです。これは長続きする関係ではとても重要なことです。セックスはときに私たちに試練を与え、成長を促すきっかけにもなるんです。それに、心から信頼する相手とのセックスは安全です」

ふたりは納得したようでした。次の週には回数が増えたと報告してくれました。リラックスして、より楽しめるようになったそうです。

〝ノーマル〟なセックスとは？

現代人における〝ノーマル〟なセックスの一例を挙げましょう。大人は主に疲れているときにセックスをしています。

これが質や満足度の低下、回数の減少を招いている原因です。ほとんどの人は〝ゴールデンタイム〟と呼ばれる時間を、セックスよりも重要なこと（子育て、残業、健康維持、トラブルへの対処）か、より確実に満足感が得られること（テレビを見ること、外出、趣味、フェイスブック）に充てています。

誰も疲れているときにセックスをしたくはありませんが、しかたがないと思っている人がほとんどです。このような習慣を続けていると、やがてセックスはおざなりになり、遊び心も失われ、わざわざ避妊をし、ローションを使ってまでしようとは思わなくなります。

〝ノーマル〟なセックスの例を他にも挙げましょう。

●気まずく、自意識過剰になってしまう。
●会話はほとんどない。
●笑うことも微笑むこともない。
●どちらか、またはお互いに、うまくいくかどうか異常に気にしている。
●パートナーがどんな行為が好きか分かっていない。
●どちらか、またはお互いに相手に嫌なことをされても耐えて、早く終わらないかと思っている。

●マスターベーションをしていることは秘密にしている。

●避妊具を使用するのが気恥ずかしい、または相手が使用するのを嫌がる。

●環境が完璧に整わないと、その気にならない。

●ときどき痛みを感じる。

●彼女がイカない、または彼が勃たない原因は自分にあると思っている。

さらに、老若男女、ゲイ、ストレートを問わず、アメリカ人はセックスに関して以下のような悩みを持っています。

●自分の体に自信がない。

●思ったほど親密な気分が味わえない。

●楽しい時間を過ごせる自信がない（だから、回数が減る）。

●うまくいくか心配――自分または、相手のテクニックに不安がある。

●自分が何をしてほしいか、してほしくないかはっきり伝えられない。

健康問題も〝ノーマル〟なセックスに含まれます。普通の人は健康に多かれ少なかれ問題を抱えているものだからです。

あなたはこれでも相手から〝ノーマル〟だと思われたいですか？ **〝ノーマル〟を目指すことが必ずしも正しくない**ことにお気づきになったでしょうか？

本書は〝読むバイアグラ〟ではありません。あなたの〝性的な機能〟を向上させることはありませんが、脳外科手術を受けたかのように意識が変わります（脂肪吸引や豊胸、植毛手術ではありませんので、あしからず）。

もしあなたも他の多くの人と同じように〝ノーマル〟なセックスを追求しているなら、視点を変える必要があります。週に何回すればいいかとか、オーガズムに達するまでに何分かかるのが理想かといった点ばかりにこだわるのは、愚の骨頂です。

あなたもアブノーマル恐怖症？

それなのに、**ほとんどの人が〝アブノーマル〟と言われることを恐れています。**

自分にアブノーマルな性癖があるかもしれないと思うと、パートナーに隠し、それほど面白いと思えなくても、ノーマルだと思う行為だけをするようになります。この自己検閲と偽りの健全性が、いずれ問題を引き起こすのは目に見えています。

私は「アブノーマル恐怖症」から皆さんを救いたいと思います。とはいっても、あなたは〝ノーマル〟ですから安心してくださいなどと言うつもりはありません。ノーマルであろうが、アブノーマルであろうが、とにかく気にしないことです。

セックスが〝ノーマル〟か〝アブノーマル〟かは、一般的に性器（ペニス、ヴァギナ、外陰部）と口でどんな行為をするかで判断されます。

医師、セラピスト、製薬会社もこの分類法を支持しています。〝機能〟や〝機能障害〟という言葉は専門家がよく口にし、広告でもよく目にします。医療関係者は何がノーマルで何が病的かをはっきり区別します。私たちの言う〝セックス〟とは性交（挿入）のことです。〝愛し合う〟という表現を使う場合もあります。

人間は欲望を感じると興奮し、オーガズムに達するというのが、いわゆる〝ノーマル〟なセックスとされているものです。これは、1960年代に、ウィリアム・マスターズとヴァージニア・ジョンソンが発表した〝性反応周期〟と呼ばれる概念に基づいています。これについては第4章で詳しく触れます。無意識に使われている〝前戯〟という表現もこの概念に由来します。アメリカ人は、挿入と前戯を性行為と呼び、それ以外は、単に〝いちゃつき〟としています。あらゆる性行為は挿入につながり、キスまたは愛撫が前戯なのか、いちゃついているだけなのかは明快であるというのが一般的な考えです。カップルが前戯で〝我慢している〟のは、ノーマルなこととは見なされていません。

アメリカ人のあいだで一般的に〝ノーマル〟とされる性行為は、性交とフレンチキスだけです。オーラルセックスは、性器への愛撫に次いで今や多くの人に認められていますが、完全な市民権を得たわけではありません。女性のバイブレーターの使用は、この10年で、特に高学歴の若者のあいだで強く支持されるようになりましたが、ペニスやアナルへの使用は支持されていません。実際、アナルに関する事柄は未だにタブー視されています。イメージプレイ、SM、フェティシズムをノーマルと考えているのはごく一部の人だけで、大半の人は〝セックス〟とすら認めていません。

そのようなわけで、ノーマルなセックスのためには体の特定の箇所が〝ノーマル〟な反応をしなければならない（必要に応じていつでも勃起する、潤うなど）と思われています。もちろん、医療関係者は性器が感情やストレス、アルコール、病気、疲労、交際期間の長さなどに影響されやすいことを知っています。**思いどおりの反応をしないのはごく当たり前のことなのに、多くの人はそれを認めたがりません。**

私のもとを訪れる患者さんの多くは、彼らがノーマルと考える状況で体が〝ノーマル〟な反応をしないと訴えます。それに対して私はいつも、現実の生活に適さない不毛な概念は捨てるよう説得するのです。本書を手に取ってくださった皆さんも、思いどおりに反応しない自分の体に失望した経験がおありなのではありませんか？

不思議なことに、勃起不全を解消するのにバイアグラを服用するのはノーマルだと考えられていますが、ディルドーを装着するのはアブノーマルな行為とされています。同じように、更年期の女性がヴァギナの潤いを増すのにホルモン剤を使用することはノーマルと考えられているのに、女性がポルノを見るのはアブノーマルとされています。

倫理的に〝ノーマル〟であること

体の反応や行為に、正常も異常も、適切も不適切もないと分かると、何が〝ノーマル〟なセックスなのか判断するのがますます難しくなります。性的な空想をするのは〝ノーマル〟と言えるでしょうか？　ゲームは？　大人のオモチャは？　実験的な行為はどこまで許されると思いますか？　個人の嗜好についてはどうでしょう。性交よりもマスターベーションのほうが気持ちいいという人もいるでしょうし、オーラルセックスのほうが好きな人もいるでしょう。何がノーマルではないか言うことはできても、その理由や、何を基準にノーマルかアブノーマルかを判断しているかを説明できる人はほとんどいません。

ここで質問です。**〝ノーマル〟なセックスの反対は何ですか？**

私が患者さんにこの質問をすると、男性からも女性からも同じような答えが返ってきます。**変態、危険、暴力的、不道徳、コントロール不能、異常、快楽主義的。ときどき、悪魔的と答える患者さんがいて興味が尽きません。**

ある男性は目隠しと手錠はノーマルの範囲内だけれども、鞭はアブノーマルだと思っています。一方、彼の親友は「三つとも変態的な行為を連想させる」と考えます。つまり、ノーマルな行為の範囲は人によって異なるのです。

私たちは〝ノーマル〟という基準を設けることにより、本能を暴走させてパートナーを傷つけることを避けようとします。セックスを一定の範囲に制限することで、危険を避け、大人になろうとするのです。

たとえば、あなたが快感を覚える行為が、性的にアブノーマルとされていたらどうしますか？　その行為をやめますか、それとも、自分にはアブノーマルな傾向があると認めますか？　あるいは、すべて笑い飛ばして忘れますか？

私は日々のセラピーで多くの例を目にしています。アーサーはマスターベーションをしている最中、会陰（肛門と陰嚢のあいだ）を軽くさすると、大きな快感が得られることに気づきました。でも、〝まるでゲイのようだ〟と思ってからは、二度としていません。セリーナは、おっぱいをわしづかみにされるのが苦手でしたが、乳首を引っ張られて噛まれたときにとても興奮してクライマックスに達してから、そうされるのが好きになりました。でも、恋人に「それは変態だ」と言われてからは、自分でも変態かもしれないと思ってきました。

アーサーとセリーナは一緒にカップル・カウンセリングにやってきました。パートナーになって3年になりますが、性についてオープンに話したことはなく、お互いアブノーマルだと感じた行為は避けていました。ふたりにとって、セックスについて話すのは勇気のいることでしたが、心を開いて話すことで期待していた以上に相手を、そして自分自身を知ることができました。

私たちが〝ノーマル〟であることに固執するのは、排泄器官の接触という不浄な側面もある行為に神聖な意味を持たせたいという心理が働いているからです。

セックスは体液にまみれる、ある意味グロテスクな行為である一方で、子供を世に送り出す神秘的な営みでもあります。

恋人の下着のにおいを嗅ぐのはノーマルですか？　では、彼または彼女に同じ下着を何日か着けてもらい、そのにおいをかぐのは？　生理中のオーラルセックスは？　精液を飲む、ましてや好んで飲むのは？　寝起きの口臭がきついときにディープキスをするのは？

重要なのは、特定の行為がノーマルかノーマルでないかではなく、〃ノーマル〃なセックスの概念です。ノーマルと言われる行為があれば、当然アブノーマルな行為もあります。自分をアブノーマルと思いたくないなら、自分の行動を終始監視していなければなりません。でも、そんな状況で思う存分セックスを楽しむことができるでしょうか？

文化的な規範

アメリカにおける性的ノーマルの概念は、この60年間で劇的に変化しました。

1948年、アルフレッド・キンゼイ博士が、〈キンゼイ・レポート〉で、アメリカ人のカップルの多くがクンニリングスをしているという調査結果を発表して物議をかもしましたが、今では結婚カウンセラーさえもクンニリングスを勧めています。

1965年以前、アメリカでは避妊は違法とされていました（グリズウォルド対コネチカット州事件）（※婚姻関係にあるカップルの避妊具の使用を禁じたコネチカット州法を、プライバシー権の侵害として最高裁が違憲判決を下した)。未婚の男女間での避妊は、1972年まで違法だったのです(アイゼンスタッド対ベアード事件)(※未婚のカップルの避妊具の使用を禁じたマサチューセッツ州法を、最高裁が違憲と判断)。異人種間の性行為は1967年まで禁じられていました(ラヴィング対ヴァージニア州事件)(※最高裁が、ヴァージニア州法の異人種間結婚規制法を違憲とした)。アナルセックスは、2003年になってようやく非犯罪化されました(ローレンス対テキサス州事件)(※最高裁が同性愛者の性行為を禁じたテキサス州刑法を違憲とした)。短期間のあいだにこれだけの変化があったのです。

何が性的にノーマルかの基準は国によって異なります。中国では、大人は人前ではキスをせず、手をつなぐことも不謹慎とされています。ヨーロッパのほとんどの国では、大人も子供もトップレス、または裸でビーチに行きます(アメリカ人とは異なり、ヨーロッパ人は性的な行為とは見ていない)。性器切除は北アフリカ、中東、東南アジアのイスラム教徒のあいだで行われ、毎年約200万人の少女が陰核を切除されています。アメリカでは違法で、児童虐待と考えられています。オランダや北欧諸国では婚前交渉は当たり前で、性について家族でオープンに話し合います。また、科学技術が進歩するたびに、何が性的にノーマルか、という問題が浮上してきます。

たとえば10年前、以下に挙げる事柄が、今日のように〝ノーマル〟になると誰が想像したでしょう？

- スパンキング、目隠し、手錠
- バイブレーター（現在Amazonで購入可能）
- 乱交パーティー
- インターネットのポルノ
- ホテルの部屋のテレビで見られる有料ポルノ
- HBO（Home Box Office）をはじめとするケーブルテレビ会社の卑猥な表現

〝ノーマル〟なセックスについての知見が、多くの考えのひとつにすぎないことがこれでお分かりでしょう。**あなたの目の前にはエロティシズムの世界が開かれています。**自己批判と不安、オーガズム、成功と失敗の向こうに、めくるめく性の世界が広がっています。

セックスのもたらす安心感と歓び、親密さはそこで初めて花開くのです。

ノーマルに囚われるのはなぜ問題なのか？

自分は性的にノーマルだろうかという不安は、疎外感を生み出します。多くの人がセックスの最中に孤独を感じるのはこのためです。

そうなるとたいてい歓びが感じられなくなり、やがて性欲も失われていきます。

〝ノーマル〟であることに固執しすぎると、セックスレスになる危険性が高くなります。現実の嗜好と〝ノーマル〟の許容範囲が、自分自身のなかでも、パートナーとのあいだでも食い違うことが増えるためです。〝ノーマル〟であること（またはアブノーマルでないこと）が、歓びや親密さを感じるよりも重要視されてしまっているのです。アブノーマルだと思われたくなければ、おのずと行動は抑制されます。男性ならば、乳首を引っ張ってほしいなどとは言えなくなるでしょう。逆に、ノーマルだと思い込んでいることなら、自分の好みに合わなくてもやってしまうのです。

性的に〝ノーマル〟でありたいという願望に、自分は〝アブノーマル〟ではないかという不安が重なり、性的な秘密をパートナーに隠すようになります。ありのままの自分でいるのはあまりにも危険に思えてくるのです。

それは本人だけではなく、パートナーである彼、彼女にとっても同じです。なぜなら、多くの人は自分の〝機能〟だけではなく、パートナーの〝機能〟も気にしていて、パートナーに何か問題があると自分の責任だと感じるのです。自分に落ち度がないことを確認するためにパートナーの反応に目を光らせるのですが、考えてもみてください、性的な反応を相手にじっと観察されてリラックスできますか？

嘘と統計

私は毎週、問題を抱えたカップルに、「何が性的にノーマルなのか」訊かれます。

結婚1年目なのにセックスが月に1回しかないのはノーマルですか？　スパンキングして、またはスパンキングされて興奮するのはノーマル？　射精するまでの平均時間は？

生理中なのにオーラルセックスをしたくなるのはノーマルですか？　卑猥な言葉を聞いて情熱が冷めるのは？　自分が異常なのではないかと心配する人もいれば、私はノーマルだけれど、あなたが異常なのだとパートナーに矛先を向ける人もいます。

毎年、バレンタインデーが近づくと、マスコミから同じような質問を受けます。仕事柄、セックスに関する最新の統計を知っていますが、相手が患者さんであろうと『ＵＳＡトゥデイ』の記者であろうと、統計には触れないようにしています。**数字に惑わされる人が多いので、知らないほうがいいのです。**

ただし、誰もこの答えに満足してくれません。

そこで私は数字を忘れてしまったと言います。人が月に何回セックスをしているか、マスターベーションをしているか、平均を知っても何にもなりません。それよりも、セックスのあいだ笑わない、ローションを使うのが恥ずかしい、パートナーに要望を伝えられないといった個々の事例を知ることのほうが、はるかに有益です。

性的にノーマルということがどういうものか知りたかったら、以下の特徴を覚えておくといいでしょう。

●疲れているときにセックスをする。
●自分が性的にノーマルかどうか心配する。
●それを人に話さない。
●セックスの最中に孤独を感じる。

これが〝ノーマル〟なセックスの現実です。あなたはこんなセックスで満足ですか？

第3章

セックス・センスとは何か？なぜそれが重要なのか？

Chapter 3

What Is Sex Senses? Why Does It Matter?

出産を機にセックスレスに。もう夫婦は欲情できない!?

――32歳、セレブな夫婦

私がデュアンとマーゴットに会うようになったのは、ふたりに初めての子供が誕生した翌年のことでした。ふたりはいつの間にかセックスレスになってしまったことに悩んでいました。お互いに何かと理由をつけては避けてしまうのです。

ともに32歳のふたりは、素晴らしいセックスのために必要だと思われるすべてを備えていました。目をみはるほどゴージャスな容姿、専属のベビーシッターを雇えるほどの収入。もちろん、今も愛し合っています。それなのに、なぜセックスをしなくなってしまったのでしょう？　あるいはマーゴットが言うように〝欲望の機能障害〟に陥ってしまったのでしょうか？

私は多くの質問をして、ふたりがセックスレスに陥ってしまった原因を突き止めました。

ふたりは〝機能障害〟などではありませんでした。

それどころか、マーゴットはセックスが好きで、出産後に子供の世話に追われて性に興味を失ってしまう女性が多いなか、夫から求められるのを望んでいました。**〝夫から愛されているセクシーな大人の女〟であるために、どうしてもセックスが〝必要〟なの**、と彼女は言いました。一日子供と過ごした後は、自分が女だとは思えなくなってしまうのだと。彼女のほうはいつでも応じる準備ができているのに、しかし夫から誘われることはありませんでした。

デュアンもセックスが好きでしたが、1日に12時間働き、帰宅してすぐに娘を寝かしつけた後は、ほとんど目も開けていられない状態でした。それでも、妻から誘われれば喜んで応じるつもりだったのですが、そんな機会は一度もありませんでした。妻は常々セックスについて話し、アツアツな他のカップルを羨んでいたというのに。

もちろん、ふたりが若いときにはセックスの悩みなどありませんでした。大学を卒業したばかりの頃は、毎日のように愛し合っていました。どちらから誘うこともなく、〝気づいたら〟抱き合っていました。そう、ふたりは若いときのようにセックスが〝自然発生〟

するのを待っていたのです。これは〝機能障害〟ではありません。そのような期待をするほうが間違っているのです。

ライフスタイルの変化に伴い、セックスも〝自然発生〟するものから、どちらかが誘わなければならないものに変わったのです。当然、相手に「ノー」と言われることもあるでしょうし、若いときのように時間を忘れて一晩中愛し合うこともなくなるでしょう。私がそう告げると、ふたりは強いショックを受けていました。記憶にあるセックスライフとあまりにかけ離れていたので、そんなことは想像もできなかったのです。

あれほどセックスがしたいと言っていたのに、ふたりは私のアドバイスに従おうとはしませんでした。当然、ふたりはセックスレスのまま、どうすればいいのか悩み続けていました。と同時に、マーゴットはできるだけ早い第二子の妊娠を望んでいました。どうしても男の子が欲しかったのです。長女のマリリンはすでに2歳になろうとしていました。もうひとり子供を持ってもいい頃です。

一方、デュアンはそれほど子供を望んではおらず、そのことがセックスレスに拍車をかけていました。私はふたりに言いました。

「子供を持つかどうかで意見が一致しないままセックスライフを改善しようとするのは、高速を時速百キロで飛ばしながらタイヤを交換するようなものですよ」

それでも、ふたりはセラピーを続けることを希望しました。デュアンはもうひとり子供を持つことに同意しましたが、マーゴットにひとつだけ条件をつけました。

「今度生まれてくる子供が男の子でなくても、男の子ができるまで子づくりに励むつもりはないからね」

マーゴットも最終的に納得し、その後すぐに妊娠しました。

妊娠３カ月目に入ってからセラピーは一時中断され、無事ふたりに第二子のシャーロットが誕生しました。かわいらしい元気な女の子でした。

シャーロットが生まれた5カ月後、セラピーが再開されました。性欲を取り戻すのに、出産後1年近くかかる女性が多いなか、マーゴットは3週間で回復しました。デュアンにそう告げ、夫が家中を追いかけまわしてくれるのを待っていたのです。とはいえ、出産後の体型については申し訳なく思っていました。体重は5キロオーバーしたままだし、身だしなみも完璧とはほど遠い状態でした。夫を求めていましたが、脱毛をしたり肌の手入れをしたりできるよう、ベッドをともにする際には前もって知らせてほしかったのです。これがセックスをますます面倒なものにしていました。

デュアンも、まったく違う理由でセックスの再開をためらっていました。出産後のマーゴットに欲望をそそられなくなったのではありません。妊娠が心配だったのです。ふたりの子供を授かったことに彼は満足していました。妻も同じだと信じていましたが、万が一彼女がまだ息子を欲しがっていた場合、拒否したら妻をひどく傷つけてしまう気がして、そのことを真剣に話し合えずにいたのです。

さらに悪いことに、ふたりともコンドームを使いたがりませんでした。マーゴットは不快だからという理由で、デュアンは完全に妊娠を防ぐことはできないという理由からです。マーゴットは経口避妊薬の服用も嫌がっていました。副作用の可能性がゼロではないのと、体重が増える恐れがあるからです。

そこで、私はふたりに妊娠する恐れのないやり方、オーラルセックスやアナルセックス、性器の愛撫などについてはどう思うか尋ねました。

「そんなものはセックスのうちに入らないわ」と、マーゴットはまったく取り合いませんでした。

「その手のことはすべて経験ずみです」と、デュアンは言いました。でも、今は？

「マーゴットにフェラチオをしてもらうのは好きだけれど、すると必ずセックスをしたくなります。フェラチオをしてもらったのに、本物のセックスをしないでマーゴットを満足させてあげられなければ申し訳ない」

ふたりに機能障害があるとすれば、この〝本当のセックス〟に関するゆがんだ考えだけでした。明らかにセックス・センスが欠如しています。

「素晴らしいセックスがどんなものかなんて分かっているわ。いつもそうしてきたんですもの」と、マーゴットは唇をとがらせました。デュアンも〝挿入がなければ〟欲求不満に陥るだけだと同意します。そのようなわけで、ふたりは相変わらずセックスレスのまま、欲求不満は募る一方でした。

知性の価値

セックスから自分たちが求めているものが得られないだけで、カップルがいかにたやすくセックスレスに陥ってしまうかお分かりになったと思います。第2章で述べたように、私たちはセックスをすることで安心感や自信を得たいと思っています。それには素晴らしいセックスをする必要があり、性的能力が優れていれば素晴らしいオーガズムが得られ、パートナーにめくるめく快感を与えられると思いこんでいます。

でも、これからお話しするのは、どうやって性器の機能を高めるかということではありません。セックスについてのまったく違った考え方、セックス・センスについてお話しします。これからもずっとセックスで歓びと親密さを味わい続けるために、本当に必要なことです。これを知れば、自意識過剰や劣等感から解放され、自分が性的にノーマルか否かはまったく気にならなくなります。

そればかりか、リラックスしてパートナーとコミュニケーションし、心身ともに深い結びつきを得ることができるようになります。**たとえあなたのペニスが硬く勃起していなくても、ヴァギナがたっぷり潤って締まっていなくても、素晴らしいセックスを経験することができるでしょう。**

セックス・センスは単なる知識ではありません。あなたに忍耐力や自信を与え、自分の体が愛おしく思えるようになります。

朝目覚めたら、突然モスクワにいたと想像してみてください。ロシア語は話せないし、持っているのはパスポートと、現金が３０００ルーブルだけ（季節は夏ということにしましょう。思案しているあいだに凍えてしまうといけないので）。今後どうするか考えるには、知識だけでは不十分で、ある種のセンスが必要です。誰に何を訊き、どうやって助けてくれる人を探すか、異文化でどう行動するか冷静に考えられる能力です。

セックス・センスも同じです。ベッドでのテクニックや、22歳のときと変わらない機能を保っていることではありません。セックス・センスとは、どんな環境や状況でもパートナーに欲望を抱き続けられる能力なのです。肉体の変化に適応できる能力、好奇心旺盛で、歓びや親密さ、満足といった言葉の意味を広くとらえる柔軟性が必要です。予想外のこと――ローションを切らしたり、行為の最中どちらかがトイレに駆けこまなければならない状況になったり、萎えてしまったり、どちらかが違う人の名前を呼んでしまったりということが起きても、慌てずに対応できる能力のことを言います。

だからこそ、皆さんにこの能力を身につけてほしいのです。このセックス・センスがあれば、リラックスして、自分には無理だと思っていたような楽しいセックスができるようになります。

それでは、**セックス・センスとはどういうものなのか、ひとつひとつ見ていきましょう。**

セックス・センスを構成する3つの要素

1. 情報と知識
2. 心のスキル（知識の活用に役立ちます）
3. 体を意識し、リラックスする（自分自身や知識を表現するのに役立ちます）

セックスに関して誰もが知りたい知識は、〝パートナーにめくるめく快感をもたらすにはどうすればいいか〟ということです。典型的な〝機能障害〟に苦しむ人は、決まってこう尋ねてきます。「どうすれば正常になれますか？」「機能障害は改善しますか？」……私にはいつもこう聞こえます。「どうすれば私のペニス、またはヴァギナはまともに働くようになるんでしょうか？」と。

他によく訊かれることは、「どうすればパートナーのテクニックを向上させられますか？」「男性、または女性は、本当は何をしてほしいのですか？」「いちばん快感が得られる体位は？」です。

「セックスがうまくなりたい」と願う人たちの気持ちはよく分かりますが、その目標は間違っています。性的な機能が優れていれば楽しいセックスができるわけではありません。

セックスから肉体的な歓びを得るだけでいいのなら、テクニックと知識だけで十分です。しかし、ほとんどの男女はセックスに肉体的な歓び以上のものを求めています。ですから心のスキルが必要なのです。いくらハンサムで才能があっても、デリカシーに欠け、自己中心的で人の話もろくに聞かないような男性（あなたの元夫の話でありませんよ）と何度も愛し合いたいと思いますか？

さて、ここから、いよいよ身体の話になります。セックスにおける体の役割は、パートナー、そして自分自身の欲望に火をつけることと考えられています（まるで鏡を見ただけで興奮するかのようです）。そのため、多くの人が自分をセクシーだとは思えず、他人の目にもセクシーに映るはずなどないと思いこんでしまうのです。年をとるにつれ、今さらセックスなんて……と思うようになるのも、このためです。体に何かミステリアスなことが起こって、私たちに歓びをもたらすという見解も、そのような考えを後押しする一因になっています。

当然、それには体が〝正常に機能〟しなければなりません。1966年、ウィリアム・マスターズとヴァージニア・ジョンソンは、人間の体が性的刺激に反応する標準的なモデルを発表しました。「性反応周期」と呼ばれたこのモデルに、誰もが自分の反応を照らし合わせ、1970〜80年代には、『コスモポリタン』や『プレイボーイ』などのメジャー雑誌が何度も特集を組みましたが、実際の役には立ちませんでした。それ以降は、オプラ・ウィンフリーとドクター・フィルが20年にわたって、どんなセックスが正しくてノーマルか（どんなセックスが間違っていてアブノーマルか）持論を展開しました。そして現在はポルノが溢れ、これが本当のセックスだと人々に誤解を与えています。

本書はそういった類の書物とはまったく違います。まず、体をパートナーと調和させ、ひとつになるための道具と考え、より多くの歓びと情熱を得られるようにしましょう。行為のあいだ、現在起こっていることだけに反応するようにさせるのです。セックスにまつわる過去の腹立たしい出来事やつらい経験を思い出す必要はありません。

このような意識を持つことは、〝性的な機能〟や若さ、美しさやテクニックよりもはるかに重要です。そもそも、体の機能は意志の力でどうにかなるものではありません。

セックス・センスの３つの要素を組み合わせることで、あなたの秘められた官能性が引き出され、性的機能も自然に強化されます。**人がもっと〝親密な〟セックスがしたいと望むのは、セックス・センスの要素のひとつである、自分を知りたい、受け入れたい、信頼したいという気持ちの表れなのです。**

スタミナや豊富な性体験、若さ、古くから東洋に伝わるテクニックなどは、セックス・センスには含まれません。マスコミによく登場する〝セックス・セラピスト〟が〝素晴らしいセックス〟には優れた肉体とテクニックが欠かせないと言ったとしても、それはあなたが求めている素晴らしい経験を得るための手段ではありません。

自分を語る能力としてのセックス・センス

私たちは誰もが自分自身について話しています。「どこでその車を買ったの？」とか「好きなテレビ番組は？」という話題のときばかりではありません。普段の会話で、自分がどんな人間か、何を大切にしているのか語っています。セックスにおいても同様です。私たちが口にする言葉は自身を知る手がかりになります。以下にセックスに関して語られる表現を挙げます。

〝私は〟と主語をつけて声に出して読んでみてください。

□セックスが怖い。
□衝動的だ。
□ロマンチックだ。

□常に欲情している。
□セックスにあまり関心がない。
□性欲が異常に強い。
□何度でもできる。
□男運、女運が悪い。
□セックスが下手だ。
□テクニックには自信がある。
□トラウマになってしまった過去がある。
□何をしてほしいか言葉で伝えられない。
□男性、または女性恐怖症だ。
□セクシーではない。
□人を信用できない。
□セックスはもう卒業した。
□いつも愛のあるセックスがしたい。

□セックスについて考えると混乱してしまう。
□デートレイプ、あるいは、性的児童虐待の被害者である。
□誘惑に弱い。
□セックス中毒だ。

セックスに対する考えを整理するには、このように自分について語ることが有益です。自分自身について、パートナーとの関係について、満足感について、自分の体について、リラックスについて（興奮していても、していなくてもかまいません）語り、理想や不安を消し去って、物事をありのままに受け入れましょう。

さらに言えば、自分にとって重要でないことは口にしないことです。もちろん、その前に何が重要か決める必要がありますが。それが決まったら、たとえ他の人にとっては大切なものであっても、無視する精神力を養いましょう。

私の患者さんが「セックスの最中に気になってしまい、性的な満足を得られない」例を次に挙げます。

●試してみたい行為がたくさんあり、次に何をするか考えている。
●過去に彼女、彼を性的に傷つけたのは誰か気になる。
●パートナーの以前の相手に対抗意識がある。
●やらなければならない雑用がある、他の部屋から聞こえてくる雑音が気になる。

このようなことを無視する能力を身につけてもらうために、私は仕事をしているのです。楽しいセックスのために自己鍛錬がいかに重要か気づいていない人は多いかもしれませんが、**素晴らしいセックスは自然に起きるものではありません。事前の準備と集中力が必要なのです。**

セックス・センスはセックスの質を高めるだけではなく、あなたとセックスの関係を変えます。**重要なのはあなたが何をするかではなく、あなたが誰で、何を考え、何を信じ、何を求めているかです。**本書にランジェリーや体位についてのアドバイスがないのはそのためです。

健康で〝機能障害〟がないのに欲求不満を抱えている人がいるのは、その人たちにセックス・センスが欠けているからです。どんなに〝機能〟が優れていても、多くの人がセックスに求めている親密さや調和、癒しやくつろぎは得られません。

セックス・センスを身につけることで、ありのままの自分が受け入れられるようになり、秘密主義や孤立から解放され、あらゆる人間関係が改善していきます。

パートナーの変化をひたすら待つ必要はありません。あなたが自分を受け入れることで、パートナーも受け入れられるようになります。それがやがて、将来確実に訪れる肉体的な変化や人間関係の変化に対応できる能力を培うのです。

第4章

脳
情報と知識

Chapter 4

Your Brain
Information and Knowledge

早漏で彼女がイク前に終わってしまう。

――25歳、大学生

私は出会ってすぐジェイソンが好きになりました。ハーバード大学の学生で、今はMBA取得を目指してスタンフォード・ビジネス・スクールに在籍しています。くしゃくしゃの茶色い髪に、紫色の靴紐。個性に欠ける学生が多いなか、ひときわ爽やかな印象でした。「25歳にして、僕は初めて挫折を経験しました」とジェイソン。一体何があったというのでしょう？「僕のモノはまったく役立たずで、ときどき早くイキすぎてしまうんです」。どれだけ早く？「**彼女がイク前に。最悪ですよ**」

それのどこが問題なのかと私が尋ねると、話が通じなかったと思ったのか、彼は最初から繰り返しました。「ええ、分かっていますよ」と私は言いました。「でも、勃ってほしいときに勃たなくて、イッてほしくないときにイクことのどこが問題なんですか？」

「あなたの時代はどうか知りませんが、今時の女の子は男とベッドをともにしたら、素晴らしいオーガズムが得られるものと思いこんでいるんです」

ジェイソンは冗談めかして言いましたが、いらだっているのは明らかでした。

「それで、怖じ気づいてしまったんですか？」

「そういうわけでは」ジェイソンは曖昧に答えました。

「でも、彼女たちは当然だと思っているみたいなんです」

「それは人によりますね。自分が何を求めているのか分かっている女性は、あなたに不満を持ったりしないでしょう。でも、それが分からない女性は、オーガズムを得られないのを君のせいにするかもしれません」

私の答えは、ジェイソンが期待していた答えではなかったようです。

「ここに相談に来たのは間違いだったかもしれない。あなたは僕たち若い世代や女性のことを何も分かっちゃいないんだ！」

「もちろん、すべて分かっていると言うつもりはありません。だから、君のことをもっとよく知りたいんです。君にとって何が大切なのか理解するために」

「分かりました。続けてください」

「まず、君は女性が求めているものを一般化しすぎています。君が出会った女性は、間違いなく数人以上はいるでしょうが、多数派ではないし、まして全女性の代表じゃない。次に、**女性がオーガズムを感じるのはヴァギナの刺激によるものではなく、クリトリスの刺激によるものです。**ゆえに、ほとんどの場合、性交そのものはオーガズムをもたらす手段にはなりえません。最後に、勃たないんじゃないかと心配していると、よけいに勃たなくなります。**早漏のほとんどは不安が原因で、興奮しすぎたせいではありません**」

ジェイソンが口を開く前に、私はこう言い足しました。

「これは私の意見ではなく、事実です。多くの男女にとって理想のセックスというものがあります。だから、自分も相手も満足させるようなセックスができなくて君が落ち込む気持ちはよく分かります。理想は無視して、事実は事実として受け入れましょう。君はすぐに勃起して、持続時間も長く、女性にオーガズムを与えなければならないと思っている。そして、自分にはできないと思っている。そうですね?」

彼は頷きました。

「君のペニスをどうこうするより、ふたつのことを変えるべきです。セックスに対するアプローチ、そしてパートナー選び。セックスに対してそんなにプレッシャーを感じる必要はありません。プレッシャーから解放されれば、早漏の問題も解決するし、何よりもセックスを楽しめるようになります。途中で何が起きてもね」

「パートナーの期待に応えられなかったら？」

「最初に言ったふたつのポイントに戻りましょう。まず、ありのままの君を愛してくれる女性を見つけることです。お互いをよく知るよう努力して、親密な関係になる前にふたりでじっくり話し合うこと。次に、すべての女性が必ずしも挿入を求めているわけではないということを覚えておいてください。女性が何をしてほしいのか分からなければ、訊いてみるといいでしょう。専門家として、また個人の経験からも言えることですが、ほとんどの女性はセックスの最中、まずは男性と心を通わせたいと思っている。肉体的な満足については、クリトリスを手や唇で愛撫してほしいと言っています」

彼は実際に私のアドバイスを聞き入れ、その後数回セラピーを受けただけで、以前よりもずっとセックスを楽しめるようになりました。

正確な情報は賢明な決断を下すのに不可欠です。性に関する情報が氾濫する現在では、正しい情報を見きわめるのは困難で、たとえできたとしてもうまく活用できない人が少なくありません。セックスに対する不安があまりに大きすぎるためです。

性感帯について

私がセックス・セラピストとして教育を受けたとき、最初に学んだのが〝性感帯〟です。性器、口、乳首、肛門、耳がそうです。これに太腿、尻、首筋を加える人もいます。

しかし、私はその後、この考え方が誤っていることに気づきました。体を性的な部分とそうでない部分に分けるのはエロチックなイマジネーションを制限し、オーガズムを過大評価して、自分はアブノーマルではないかという不安を増大させるだけです。

体のどの部分が敏感かは人によって違いますし、同じ人でも体調や心理状態によって変化します。たとえば、体を清潔にしていないときや怒っているとき、気まずい思いをしているとき、体は性的な刺激に反応しにくくなります。

逆に、興奮し、全身が性感帯と化したように感じられるときもあります。**性的な刺激に反応しない体の部分などないのです。肘や膝や足や髪が敏感で、息を吹きかけられただけでイッてしまう人もいます。**

１９７８年当時よりも少々賢くなった今、「性感帯などない」と断言しましょう。言い換えれば、**「性感帯でないところなどない」**からです。これをゲリラ解剖学と言います。体に性的な部分などありません。体があり、エロチックなエネルギーがあるだけです。体は相手のエロチックなエネルギーを感じ、自分のエネルギーを発散するのです。

例外があるとすれば、クリトリスです。**クリトリスは人間の体で性的な快楽を得る以外に目的のない唯一の器官です。**女性がクライマックスに達するのはクリトリスが刺激されたときだけです。ヴァギナにペニスを挿入し、ピストン運動をしているとき、クリトリスはたいがい忘れ去られています。クリトリスを愛撫しても男らしさの証明にはならないからです。

クリトリス＋大陰唇・小陰唇＋膣口＝外性器（外陰部）

女性がクライマックスに達するのは、ヴァギナではなく外性器を刺激されたときです。脳が刺激（写真、におい、記憶、接触など）を受け、それを性的と解釈すると、脊柱から骨盤に信号が送られ、血管が開き、血流がよくなります。男性のペニスや女性の外陰部の組織が充血すると、勃起し、敏感になります。

では、なぜ人はそれほどまでに、もっとも神聖なる〝性感帯〟であるヴァギナにこだわるのでしょう？　ヴァギナは生殖に関わる器官です。ほとんどの人はセックスをするたび生命誕生の奇跡が起きるのを避けようとするからゆえではないでしょうか。

性反応周期について

アメリカ人にセックスに関する固定観念を植えつけるきっかけとなったもの、それが「性反応周期」です。これを理解することで、人間の性的な機能を数値化したり表にしたりするのには限界があり、それとは正反対の考え方であるセックス・センスがいかに優れているかお分かりになると思います。

１９６０年代、ウィリアム・マスターズとヴァージニア・ジョンソンは、性行為中の人間の体がどう機能しているか、初めて系統だった研究を行いました。

研究に参加したのは数百名のボランティアのカップル。行為後に肌の表面の温度、脈拍、瞳孔の拡張を計測し、結果を表にまとめました。現在、セックス・セラピストはこの表（※ある女性が経験したオーガズム。興奮状態が続く高原期からオーガズムに至るまでに興奮の波が連続して交互に訪れ、後退期に至る）を学習するのが基本になっています。

性反応周期の評価すべき点は、〝ノーマル〟な体が〝ノーマル〟な刺激にどう反応するかを目に見える形で表したことです。夫婦が同じベッドに入っているシーンや〝妊娠〟という言葉がテレビで放送禁止だった時代に、マスターズとジョンソンの行った研究は画期的なものでした。１９６０年代初頭のアメリカでは、科学と機械はアートや広告を始めとするさまざまな媒体に技術の進歩を示すモチーフとして使われていました。マスターズとジョンソンは人間の体を、予測どおりの動きをする機械になぞらえました。その結果、予測どおりに動かない体には異常があるとされ、この歴史的な瞬間に、性的に〝ノーマル〟という基準と、セックス・セラピーが生み出されたのです。それ以来ずっと、このふたつ

マスターズとジョンソンの性反応周期

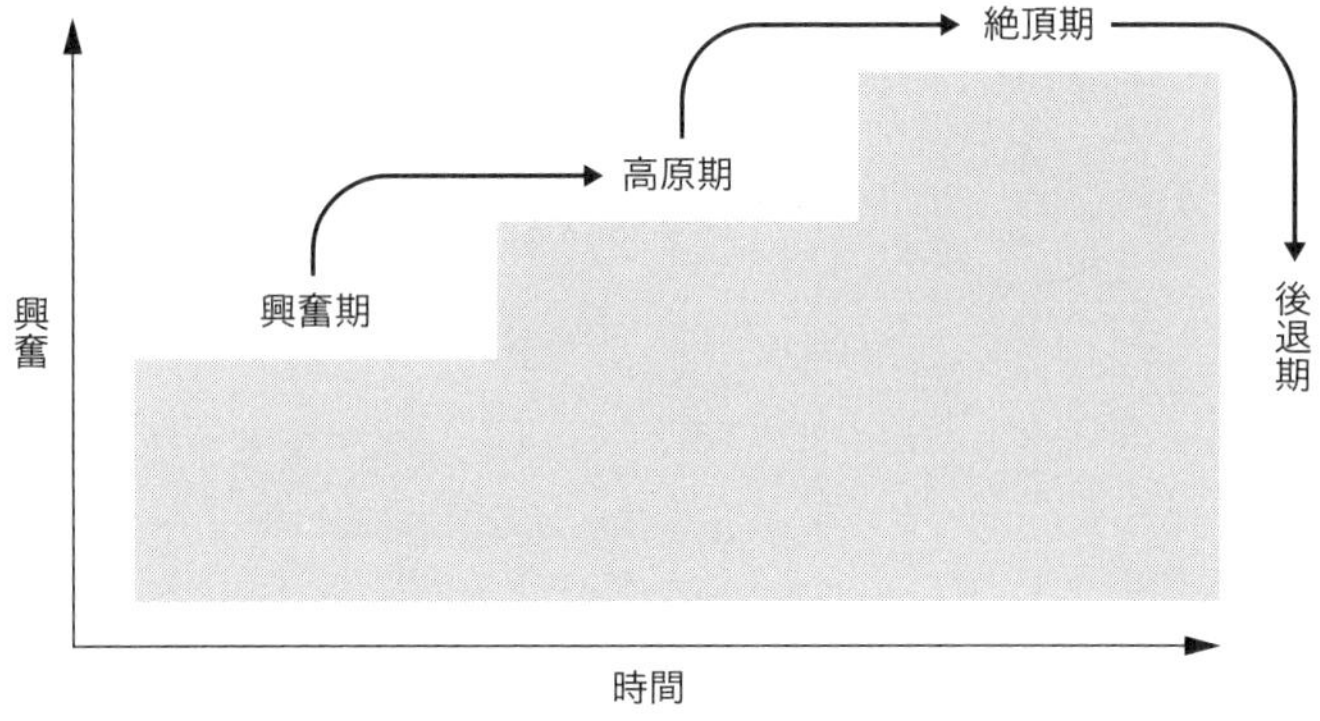

は切っても切れない関係にあります。

行為中の体の典型的な反応を知っても害にはなりませんが、典型的でない反応をしたから異常だと考えるのは間違いです。セックスを楽しむのに、体が典型的な反応をしなければならない道理はありません。

学会での孤立、政府の監視、度重なる脅迫に耐えて性反応周期を発見したマスターズとジョンソンの功績は偉大ですが、ふたりが導き出したモデルには次のような欠点があります。

●欲望に焦点があてられていない。欲望が体の反応にどのような影響を及ぼすか調査されていない。
●同じ肉体的な刺激が常に同じ結果をもたらすかのような誤解を与える。
●同じ肉体的な刺激を与えられたり、同じ行為をしたりしても、そのときどきによって感じ方が変わることに触れられていない。
●研究室で行われた実験であることが明示されていない。

●精神性その他の主観的な経験について検討されていない。
●オーガズムを得ることがセックスの目的であるかのような印象をもたらす。

性反応周期が発表されてから、さまざまな専門家が同様の批判をし、改訂を求めたり、独自のモデルを提案したりしています。それでも、マスターズとジョンソンが生み出した性反応周期は、単なるモデルだということを忘れてしまうほど私たちの文化に深く浸透しています。これはすべての人の経験を正確に表したものではありません。たとえば、男性は年をとるとクライマックスに達しないことが多いのですが、それでもセックスを楽しんでいます。同じように、女性のなかには心理的な刺激だけでクライマックスに達する女性もいます。いずれのケースも、マスターズとジョンソンのモデルにはあてはまりません。

最後に、セックスのあいだに、欲望や興奮やオーガズムは切れ目なく高まっていくものではないことを覚えておいてください。ほとんどの人は、波が寄せては返すように興奮が高まったり、さめたりしています。外の物音が気になったり、心のなかで自分自身と対話したり、トイレに行きたくなったり、話したくなったり、笑いたくなったり、ひと休みしたくなったりするからです。それが体の自然なリズムなのです。
自然なリズムを機能障害と見なすのは百害あって一利なしです。

オーガズムについて

オーガズムはデザートで、メインディッシュではありません。

オーガズムに達するのをセックスの目的にするのは、次のふたつの理由から危険です。

- ●オーガズムを感じるのがより困難になる。
- ●オーガズムにつながらないあらゆる性的な行為の価値を下げる。

さて、オーガズムはどれくらい続くのが標準なのでしょう？
2秒、5秒、10秒？　ではセックスは？　服を脱ぎ始めてから「よかったわ♡」とつぶやいて、メールのチェックにとりかかるまで、どれくらいの時間が一般的なのでしょう？

10分、20分、30分？　つまり、**オーガズムはセックス全体の時間の1％にも満たないということです。わずか1％のために、心を煩わされるのはばかげています。**

なかには「セックスは退屈だ」と思っていて、その埋め合わせのように素晴らしいオーガズムだけを求める人もいます。これはサービスの悪いレストランで、たいして美味しくもない食事をしながら、それを帳消しにするようなとびきり美味しいデザートが出てくるのを期待するようなものです。

しかし、いくら待ってもとびきり美味しいデザートは出てきませんし、何もしないで素晴らしいオーガズムは経験できません。行為をした後に寂しさを感じたり、頭痛がしたり、パートナーの気持ちが分からず混乱したり、体に痛みを感じるなら、どんなに素晴らしいオーガズムもその苦痛を埋め合わせてはくれません。

それどころか、いずれオーガズムを感じなくなる恐れがあります。

それなら、どうすればいいのか？　自分が楽しいと思うことをすればいいのです。興奮して、あなた自身を、そしてパートナーを歓ばせましょう。たとえクライマックスに達しなくても、十二分に満足できるはずです。

妊娠について

予期せぬ妊娠の心配があったら、リラックスしてセックスを楽しむことはできません。中学校の保健の授業で習ったにもかかわらず、妊娠や避妊について正確な知識のある人は少ないのが現状です。

女性が妊娠するためには３つのものが必要です。卵子、精子、そして、そのふたつが手に手を取りあってから９カ月間過ごす場所です。３つそれぞれに有効期限があります。

女性が妊娠可能なあいだ（概ね13〜50歳）、毎月卵巣のひとつから卵子が排出されます（〝排卵〟）。そのとき、妊娠の可能性が高まります。新鮮な精子が卵子に到達したら、卵子と精子は〝子宮〟に着床し、それが胎児になり、最終的に赤ちゃんになって誕生するのではないかと考えられています。

精子は卵子と出会うまで５日間、卵子は精子と出会うまで１日か２日生きることができます。要するに、女性はこの５日間＋２日間のあいだに妊娠することが可能です。安全のためにそれぞれに数日足すと、毎月、あなた、またはあなたのパートナーは約11日間妊娠しやすい状態にあると言えます。この11日間のあいだに避妊をしないでセックスをすれば、妊娠する確率は高くなります。

新鮮な精子の群れがヴァギナに注入されたのがいつだったのかは誰でも分かります。問題は、いつ卵子が精子とチームを組む可能性があるのかということです。大まかな答えですが、平均28日の月経周期中、毎月の月経終了後の第2週と第3週の初めになります。もちろん、月経周期は病気やストレス、授乳、フェロモン、ダイエット、睡眠の影響で変動します。

女性がいつ排卵するか予測できれば、かなり確実な避妊ができます。妊娠可能な期間に絶対にセックスをしなければよいのです。女性は最後の月経の始まりから数えて10日目に排卵すると推測できますが、これはあくまでも推測であって、科学的な手法ではありません。この非科学的な計算法に頼っている人はこれを〝定期避妊法〟(オギノ式避妊法)と呼んでいますが、そうしたカップルのうち4分の1が1年以内に妊娠しています。21世紀において、この避妊法に頼るのはあまりにリスクが大きく、無責任です。

これを〝生命誕生の奇跡〟と呼ぶ人もいますが、奇跡でもなんでもありません。科学で解明できます。避妊具を使用したくないなら、次のページの表をぜひ利用してください。

避妊の重要性

合意の上のセックスで、唯一問題になる恐れがあるのが予期せぬ妊娠です。

確実な避妊はセックス・センスの重要な要素です。確実な避妊をすれば、思う存分行為を楽しむことができます。妊娠を恐れている限り、リラックスして楽しめません。

セックスに対する不安と、自分はアブノーマルではないかという不安を和らげるには、セックスを安全で目的のないもの（目的がなければ、〝失敗〟を恐れる理由もなくなります）にしなければなりません。そうすることで親密になれるし、心底満足できるようになります。ふたりで楽しんでいれば、愛し合っている最中に何が起きても気にならなくなります。

次に紹介するのは、私が聞かされ続けてきた、「避妊をしたがらない患者さんの言い訳」です。

妊娠の危険性が上がるとき

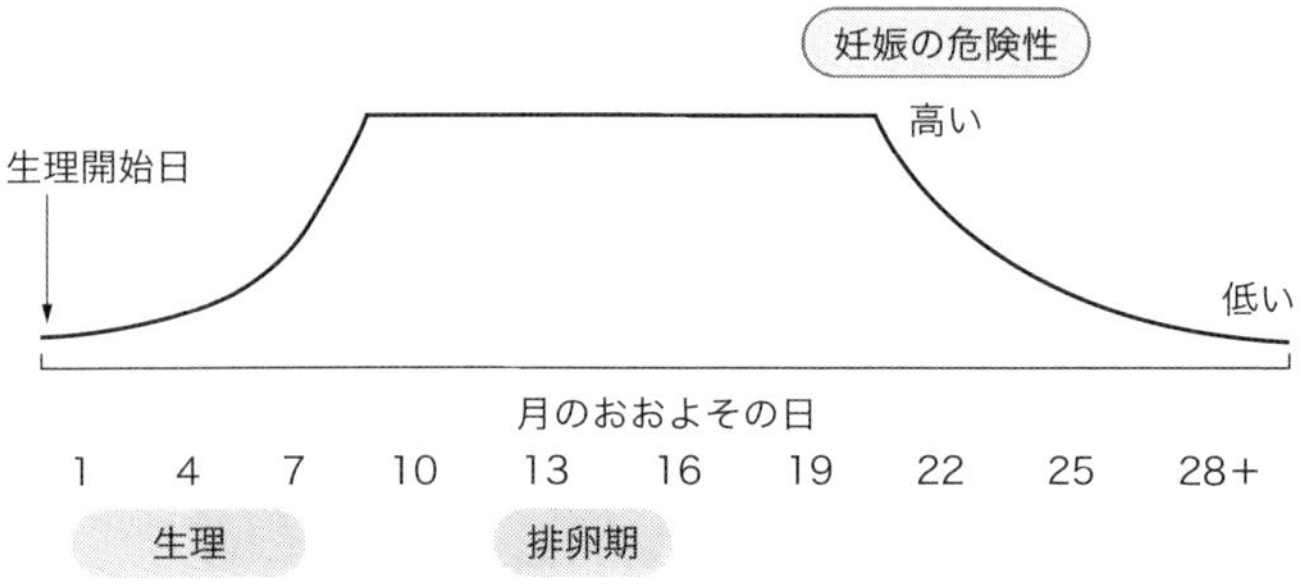

●「ピルを飲むと太るから」
●「ピルは危険だから」
●「私は妊娠しない気がするから」
●「したくなったときにできないから」
●「いちいち面倒くさいから」
●「コンドームをつけると、彼または彼女が感じないから」
●「コンドームをつけたら萎えてしまいそうだから」
●「避妊していないけれど、何年も妊娠していないから」
●「セックスする日を計算している女はアバズレだと思われるから」
●「これ以上子供は欲しくないけれど、不妊手術をした後に子供が事故で死んだりしたらどうするんだ？　今の妻が死んで、再婚相手が子供を欲しがったら？」
●「子供（または、次の子供）を持つかどうか意見が一致していない。セックスをするたびに喧嘩をしたくない」
●「クリスチャンなので、避妊が正しい行為かどうか分からない」

●「私たちのような高学歴で裕福なカップルは子供を持つべきだと思う」
●「初めてのときは（立ってすれば、クライマックスに達しなければ、騎乗位ならば、後でシャワーを浴びれば、膣外射精をすれば……）妊娠しないと聞いた」

……また、避妊の話をすると、次のような話題に触れざるをえないので、できれば避けたいという気持ちはよく分かります。

●ふたりの将来の関係。
●セックスライフの質。
●他に性的な関係を持っている相手がいるのではないか？
●子供（次の子供）を持つべきかどうか。
●5年後はどこに住んでいるのか？
●ふたりのうちのどちらが仕事に戻れるのか？

避妊は単に妊娠を防ぐ行為ではありません。避妊をするかどうか話し合うことで、ふたりの関係や感情的な問題が明らかになります。ふたりの将来が不確かなら、予期せぬ妊娠を防ぐためにも必ず避妊すべきです。

男は火星から、女は金星からやってきたのか？

最後に、男女に関する古くからのこの言い伝えは正しいかどうか検証していきたいと思います。

一般的には〝異性〟と言いますが、私は〝もうひとつの性〟と呼ぶほうが好きです。結局のところ、男と女は異なる生き物ではありません。実際、この地球上で、女性ほど男性に似ている生き物はいません。同様に、男性ほど女性に似ている生き物もいません。

そして、男女はセックスに同じものを求め、同じことを心配し、同じように何をしてほしいか言葉で伝えるのを恥ずかしがります。

この地球上にはそれぞれ、20億人以上の成人女性と成人男性がいます。つまり、現代の

〝男性〟と〝女性〟は、地球上に未だかつて存在したことがないほどの大集団なのです。あなたのパートナーやあなた自身を理解するにあたって、この大集団を基準にするのは危険です。それでは、何か他に基準にすべきものはないのでしょうか？

男女を問わずほとんどの人は、自分は特別で魅力的、有能な存在だと思いたがっています。この点を踏まえて、パートナーの心理や行動を推測することもできますが、あなたのパートナーが〝ほとんどの人〟にあてはまらないケースもあるので注意が必要です。

あなたはどうですか？　自分は男だから、女だから、と言い訳をしていませんか？　道に迷ったときに人に聞かないのは、あなたが男性だからではなく、愚かだからです。靴を何足も買ってしまうのは、あなたが女性だからではなく、計画性がないからです。

男性は火星から、女性は金星からやってきたまったく異なる生き物だという考えは、男女が信頼関係を築くのを困難にするだけです。お互いを異星人だと見なしていては、意味のある関係など築けません。

男性と女性がそんなに似ているなら、どうしてこれだけ多くの人が〝異性〟に悩まされているのか疑問に思う人もいるでしょう。実のところ、**セックスに関して問題になるのは**

男女の違いではなく、自分が性的興味を抱く対象への不満なのです。その証拠に、ゲイの男性に、頭にくるのは誰か尋ねると、ため息をついて〝男性〟と答えます。一方、レズビアンは眉間に皺を寄せて〝女性〟と答えるでしょう。いずれも性欲の対象となる性に対して不満や怒りを覚えているのです。異性愛者である男女が問題にするのは誰だかもうお分かりですね。もちろん、〝もうひとつの性＝異性〟です。

デートでの苦い経験は誰にでもあるでしょう。私たちは好意の対象を信頼し、理想化する一方で、数多くの欠点（わがまま、衝動的、威張っている、頼りないなど）を相手に見出し、勝手に失望することがあります。男性と女性は、お互いの夢を裏切り続ける〝敵対者〟です。私が思うに、不満の原因は、パートナーが完璧とはほど遠いのに、セックスには完璧を求める点にあるのではないでしょうか。

ノーマルなセックスという想像上の基準に自分自身を照らし合わせるのも、同じようにトラブルを招くだけです。他人と自分を比較しても何にもなりません。自らの個性を失うだけです。あなたは〝誰か〟ではなく、あなたなのです。**あなたのセックスが〝他の人〟のセックスに似ている必要はないのです。**

第5章

心
心のスキル

Chapter 5
Your Heart
Emotional Skills

夫のことは愛している。でも行きずりのセックスがやめられない。

――26歳、悩める妻

26歳のロウィーナは、勤務中にオフィスでプリンターを修理に来た男性とセックスをしているところを上司に見つかり、〝セックス中毒〟を治さなければクビだ！　と言われて私のところにやってきました。

その男性とは前日に会ったばかりです。彼女はこのような行きずりの男性とのセックスを繰り返していました。スリル（オーガズムは言うまでもなく）がたまらなかったのですが、上司に見つかってさすがに目が覚めました。彼女は誰とでもすぐに寝る尻軽女なのでしょうか？　それとも、他に何か問題があるのでしょうか？

ロウィーナは結婚していて、夫のホセを愛していると言いました。

「でも、もうときめかなくなってしまって。結婚すべきじゃなかったのかもしれないわ。

私はセックス中毒なんでしょうか？」

「〝セックス中毒〟は診断が難しいんですよ」私は言いました。

「なかには精神的な問題を抱えている人もいます。強迫神経症、統合失調症、境界性人格障害などがそうです。ですが、世間で〝セックス中毒〟と呼ばれている人の多くは違います。単に性的に奔放で、そんな自分の行動に嫌悪感を覚えている人たちというだけです。こういう人たちは自分で自分が抑えられない、〝中毒〟に違いないと言うんです」

ロウィーナは〝セックス中毒〟ではありませんでした。彼女は人生やセックスに過大な期待を抱いているように思えました。私は彼女がなぜアバンチュールを求めるのか、危険と分かっていながらなぜ新しい相手とのセックスにスリルを求めずにはいられないのか、その理由を探ろうとしました。彼女の欲望はけっして満たされることがなく、出会いさえあれば同じことを繰り返すのは目に見えています。そこに彼女の行動の原因を知る手がかりがある気がしました。

「私は、1日に3回マスターベーションをしても、まだ満足できない男性みたいってことですか？」

「そうですね。あなたはセックスでは得られない何かをセックスで得ようとしているのかもしれません。そのために、ご主人とのセックスを楽しめなくなっているんです」

ところが話をしていくうちに、彼女は私に批判の矛先を向けてきました。

「先生は、結婚したら女は皆、貞淑な妻になるべきだと思っているんでしょう。不特定多数とのセックスは男だけに許された特権だと思っているんだわ。先生は世間で言われているほど、セックスに理解のある精神科医じゃないのかも」

「私はあなたがご主人と離婚してもしなくても構わないと思っています。それよりも、自分に恥じない生き方をあなたにしてもらいたい。結果としてそれが離婚につながってもね」

私の発言にロウィーナは驚いたようで、しばらく考えてからこう言いました。

「私も〝離婚してもしなくてもかまわない〟と思っていたの。もう、どうしたらいいのか分からないわ」

これが私たちのセラピーのパターンでした。彼女が私に誤解されたと思って怒り出し、その後、カッとなったことに反省し、再び話に戻るのです。

彼女は無意識のうちに私を誘惑しようとさえしました。「私はフェラチオが上手なの」と言い、その後私を見て、気を悪くしたかどうか訊くのです。

ロウィーナは私を、自分を支配していた母親と重ね合わせ、反抗しようとしていたのです。彼女の母親は厳格なカトリック教徒でしたが、病弱だったためロウィーナが面倒を見なければならず、反抗したり十分な愛情を受けたりする機会を得られませんでした。

そして、スペイン語の教師、宅配便の配達員、自動車修理工、かかりつけの歯科医……と次々に関係を持ったのです。

「結婚生活を続けたいなら、複数の相手とセックスをしなくても、自分が必要とされ、愛されていると感じる方法を見つけないといけませんね。そんなものは見つかりそうにないと思えるかもしれませんが」と私は言いました。

実際、そうでした。

「私が大人になるしかないのね。私にできるかしら？」彼女はささやくように言いました。

最初の数カ月はなかなか成果があがりませんでした。が、次第にロウィーナはエクササイズや瞑想にチャレンジし、笑ったり、ハグをしたり、気心の知れた友達と一緒に過ごすだけでも心が癒されることに気づきました。そして、夫との会話が増えるようになりました。そのなかで彼女は、自分が退屈していて、敵を作ってでも何かに反発せずにはいられないこと、夫にもっと自分をさらけ出してほしいと思っていることなどを話しました。

セックスについても話し合い、ゆっくり愛し合う約束をしました。

「何だか怖いの。セックスが怖いと思ったのは生まれて初めてだわ。これは進歩なの？」

誰だって喧嘩をした相手や、傷つけられた相手とベッドをともにしたいとは思わないでしょう。セックスを楽しみたかったら、日常生活で起きたセックスとは関係のない問題を早めに解決する能力が必要になってきます。さらに、行為の最中に何が起きても動揺しないだけの心のスキルも必要です。

また、ベッドでは実にさまざまな感情に襲われます。孤独だったり、気まずくなったり、劣等感を感じたり、失望したり――そんなとき、自分の感情を冷静に見つめられるスキルも必要です。パートナーがイカなかったからといって、そのたびに落ちこんでいたら、どんどんセックスが楽しめなくなり、やがてセックスレスになってしまいます。

他にも不測の事態は起きます。足がつったり、シーツを濡らしてしまったり、早くイキすぎてしまったり……。あなたはうまく対処できる心のスキルがありますか？　それはいずれ、いつでも勃起できるペニスや潤ったヴァギナよりも重要になってきます。

勃起不全など性的機能障害の原因は〝セックス〟や性器にあるのではなく、心にあることが多いのです。セックスをしているとき、私たちの体は何か特別な働きをしているわけではありません。パーティーに出かけたり、映画を観たり、音楽を聴いたりしているときと同様に、すべきことをしているだけです。それなのに、体がしたこと（しなかったこと）に意味を見出そうとするから問題が起きるのです。あなたもパートナーの振る舞いを深読みしたり、イッたかどうか気にしたり、裸のあなたを見る表情を探ったりしていませんか？　そのようなわけで、セックス・セラピストの仕事は、セックスには直接関係しないような、患者さんに人間関係を築くコツを教えたり、人間的な成長を促す手助けをしたりすることが主になっています。そうすることで、お互い協力して問題を解決できるようになるのですが、根気のいる作業で、それを望まない患者さんもいます。

自分を受け入れる

「セックスには屈辱的な思い出しかありません」

セラピストになって間もない頃、患者さんが言ったこのひと言が未だに忘れられません。自分自身を受け入れられなければ、誰かが自分を受け入れてくれるのを想像することはできません。考えてみてください。自分でまずいと思っている料理を、誰かがおいしいと言って食べてくれるのを想像できますか？　自分のことを退屈な人間だと思っていたら、他人に魅力的だと言われてもにわかに信じられないでしょう。

セックスも同じです。自分自身――体、性的な嗜好、経験、オーガズム（感じたことがなくても）も含め、丸ごと受け入れましょう。そうしないと、パートナーがあなたを受け入れ、さらに素晴らしいと思ってくれることはありえません。誰かに褒められても素直に受け取ることができず、お世辞を言っているのだと思ったり、何か魂胆があるのではないかと疑ってしまったりします。

自分を受け入れなければ、パートナーと良好な性的関係を築くのは不可能です。もしあなたが自分の男らしさに嫌悪感を覚え、パートナーに痛い思いをさせてしまうのではないかと心配していたら、緊張して言葉を交わす余裕もなくなります。相手の女性は、むっつり押し黙ったあなたの態度に傷つくでしょう。彼女を傷つけまいとすればするほどかえって傷つける結果になってしまうのです。それよりもリラックスして、お互いに楽しむことを心がけるべきです。

自分を受け入れることができれば、自分の行為が〝ノーマル〟かどうかは気にならなくなります。世間の常識に囚われず、自分のやりたいことをパートナーに言えるようになります。さらには、ありのままのパートナーを受け入れられるようにもなります。お互いに飾らない自分でいられたのなら、素晴らしいセックスを手に入れたも同然です。

〝自分を高める〟必要はありません。まずは、ありのままのあなた――お尻が大きい、ペニスが小さい、イカない――を受け入れることから始めましょう。

セックスがうまくいかなくても、自尊心を失わないこと

自分が利口な人間だと分かっていれば、あなたの知性は、仕事に行くたびに脅かされたりはしません。良い母親だと分かっていれば、子供と意見が対立するたびに親としての自信を失うこともないでしょう。

同様に、自分はセクシーで魅力的だと思えたら、素晴らしいと思いませんか（少なくとも、あなたのパートナーにとっては）？　そうなれば、愛し合うたびに自尊心が傷つくことはありません。自分の体の反応に〝意味〟を見出そうとすることもなくなります。期待していたものが得られずにがっかりする場合はあるでしょうが、劣等感に襲われるほどではないでしょう。セックスのたびに自分に対する評価が変わっていたら、今度こそうまくやらなければとプレッシャーがかかり、行為を楽しめなくなります。毎度毎度、自分の魅力と能力をテストされていると考えたら、気が滅入ってしまうのも無理はありません。

セックスに意味を求めるのは結構ですが、たとえ期待していた結果が得られなくても気にしないでください。**失望は、失敗とは似て非なるものです。失望は求めていたものと得**

たもののあいだに落差があったときに感じる自然な感情です。失敗はその落差によって明らかになったあなた自身に対する評価です。

たとえば、男性が勃たなかったり、早くイキすぎてしまったりしたとき、何百万人という女性が自分の失敗だと考えてしまいます。これではお互いプレッシャーがかかり、そのうち、これ以上傷ついたり、気まずい思いをしたりしたくないと、セックスを避けるようになるでしょう。

寛容になる

誰にでも「私も今、同じことを言おうと思ったのに！」とか「私の心を読んだの？」と思った経験があると思います。このように、ふたり、あるいはそれ以上の人の心がひとつになるような現象を、私は〝調和〟と呼んでいます。

テニスのダブルスの試合をするとき、オーケストラで演奏をするとき、他人と心を通わせ感情を共有する体験ができたら、こんなに素晴らしいことはありません。

セックスでもこんなふうに感じられたらいいですね。「触れてほしいと思ったところに触れてくれる」「体が会話しているみたい」「ずっと前から知っているみたいに愛し合えた」などなど……。

でも、いつもこんなふうにいくとは限りません。そんな経験など一度もないという人もいるでしょう。キスをして服を脱がされ始めた瞬間、コチコチに固まってしまう。そんな自分に失望し、怒りすら覚えることだってあります。

何の問題もなかったのに、たった一度うまくいかなかったのをきっかけに自信を失ってしまう人もいます。途中で萎えてしまったり、誤ってパートナーの髪を引っ張ってしまったり、どちらが上になるかで揉めたりしただけで、取り返しのつかないことをしてしまったかのように傷つき、激しく落ちこむのです。

こうなると、もはやセックスだけの問題に留まりません。その人の性格にもよりますが、感情的になり、パートナーと衝突を繰り返すようになる人もいます。

セックスを堪能するには、調和が感じられなくても落ちこまないようにするスキルが必要です。さもないと、いずれ自分から誘うのをためらったり、誘いに応じなくなったりします。パートナーも情熱を失っていくでしょう。セックスに限らず、毎回調和を享受できる人などいません。セックス・センスを学ぶことで、欲しいものや期待していたものが得られなかった場合でも、自分や相手に寛容になれる精神が身につきます。

マリカはパキスタンのカラチにある特権階級の家で育ちました。家には、彼女の要求を〝満足〟させるだけではなく、彼女が何を求めているのか〝先読み〟するように訓練された召使いがいました。そんな環境で育ったマリカは、日々の不満にどう対処するか学ぶことなく大人になりました。そのままパキスタンにいて、家族とともに暮らすか金持ちの男性と結婚すれば問題はなかったのでしょうが、彼女はカリフォルニアの大学に留学し、卒業後もアメリカに残ってアメリカ人の男性と結婚しました。エンジニアの夫は人間的に素晴らしい人ですが、中流階級出身で、自分がどんな女性と結婚したのか何も分かっていませんでした。

結婚から4年後、マリカは私のセラピーにやってくるようになりました。問題は彼女の〝洗練されていない〟夫にあり、その〝頑固な考え〟に悩まされていると訴えました。あれほど〝凡庸〟で〝目に輝きのない〟人に欲望は感じられないというのです。

最初マリカは私への苛立ちや反発を隠そうともしませんでした。夫に寛容な心を養うためには、私とのあいだに敬意ある大人の関係を築く必要がありました。遠回りですが、これが彼女を成長させる大きな一歩になったのです。彼女はさらに、日々のささやかな幸せに感謝し、人生はいつも〝輝く星〟に満ちているわけではないと学ばなければなりませんでした。たとえば、彼女は子供を欲しがっていましたが、お行儀がよくて、けっして汚したりしない優秀な子供が生まれてくるものと思い込んでいました。子育ての苦労など想像もつかなかったのです。

これがセックスとどういう関係があるのでしょう？　マリカは疲れた夫や傷んだバナナ、態度の悪いウエイトレス、長時間待たせる医師に腹を立てなくなったとき、ようやくセックスが苦痛でなくなりました。それまで、夫との営みは不快な要素に満ち満ちていたのです。寝室の温度、夫の触れ方、剃り残しのある髭の感触、どれも耐え難いものでした。セラピーを重ねるうち、彼女は夫を非難しなくなり、セックスで何が楽しめるのか気づくようになりました。

彼女の進歩を実感したのは、私のオフィスの外の駐車場で車の警報装置が鳴り出したときです。彼女はそのままセラピーを続けることができました。

「こんな状態でも話が続けられたなら、世界が完璧でなくても夫と愛し合えそうです」

これがセックス・センスです。

そして……

心のスキルは酸素のようなものです。目には見えないし、なくなるまでその存在には気づきません。ここまで主に心のスキルが欠けているケースについてお話ししましたが、心地良いセックスにはこのスキルが欠かせません。理想的とは言えない状況（実際にはそれがほとんどです）でも愛し合うことができるようになります。そして、セックスに自信のないパートナーともうまくつきあっていけるようになります。

完璧な肉体？　完璧な〝機能〟？　現実の世界ではほとんど価値のないものです。**成熟、忍耐力、広い視野、ユーモアのセンス……今やそれがセクシーさなのです。**

第6章

身体
自覚と癒し

Chapter 6

Your Body
Awareness and Comfort

自分勝手なセックスから愛情にひびが入るとき。

——よくあるケース

問題を抱えたカップルには共通するパターンがあることにお気づきでしょうか？　私もこうしたカップルに多く出会うので、典型的な例を挙げて説明します。

マックスは、愛し合っているときについトリーナの髪を肘で押さえつけたり、乳首を強くつまんだり、舌を深く入れすぎたりしてしまいます。クリトリスの愛撫が強すぎたりすることも。

↓

痛みもあったのでしょう、トリーナは怒って、マックスを自分勝手だと非難します。

↓

トリーナに自分勝手と言われたマックスは、今度こそ彼女を歓ばせようと頑張りますが、ますますぎこちなくなり、その努力はトリーナに伝わりません。

←

トリーナはいっそう苛立ち、批判的になります。

←

マックスは自信をなくし、パートナーを歓ばせることのできない自分を恥じるようになります。

←

トリーナはさらに苛立ち、マックスに何も言わなくなります。

←

トリーナに嫌われたと思ったマックスは、彼女と距離を置くようになります。

←

トリーナは彼に見捨てられ、ないがしろにされたように感じます。

傷つき、混乱したトリーナは、マックスが自分を満足させることができないのは彼に問題があるからだ、自分への愛情が足りないからだと考えます。マックスはトリーナを歓ばせようと努力するのですが、うまくいくことはめったにありません。トリーナに誤解されたことで深く傷つき、ついには、彼女のことを「神経質で性的満足ができない女性」と判断するのです。

ふたりがお互いの気持ちを話すことはありません。そして、うまくいかないのは〝セックスに問題があるからだ〟という結論に達するのです。

性を語る上で、体の話題を避けて通ることはできません。前章では、性的な関係を結んでいるパートナー同士が、お互いの体が調和することに歓びを感じ、調和が感じられないと失望するとお話ししました。この調和は〝親密さ〟を得るために必須です。

この章では、調和の源となる体について見ていきます。私たちの体に備わった機能を最大限に活用する方法、またはその障害となるものについて説明します。

三次元レーダーと第六感

体と体が調和するには以下のふたつが必要です。

1. 体の動きをコントロールする能力（自己受容）。
2. 環境（他者の体）に自分の体を適応させる能力（運動感覚）。（※もちろん、他者および他者の体の接近に耐えられるだけの心のスキルが必要になります。前章でも触れましたが、この章の後半でも説明します）

私たちの体には生まれながらにして、自分の体を感知する能力が備わっています。目隠しをされていても、自分の腕が頭の上にあるのか、体の脇に垂らしてあるのか分かります。目を閉じていても、人差し指で鼻の頭に触れることができます。試しにやってみてください。不思議ですね。自己受容と運動感覚はセックス・センスの基本となる能力です。難しく考える必要はありません。あなたは意識することなく、自分の体をパートナーの体に調和させることができます。

自己受容とは、無意識のうちに体の位置や動きを脳に伝える仕組みのことです。受容器と呼ばれる感覚器官が筋肉、関節、結合組織、感覚器官、内耳にあります。脳は絶えず体からのフィードバックを受け取り、その情報を処理し、体の各部にスムーズな動きやバランス、声の調節などを命じます。五感はご存じですよね？　自己受容は第六感です。〝位置の感覚〟なのです。

一方、運動感覚は、絶えず変化する体の位置を感じとる能力です。自分がしたいことをするためには、体の動きをコントロールするだけでは不十分で、正しい動きをする必要があります。それができないと、パートナーに顔を近づけようとして髪を肘で押さえつけてしまったり、胸のにおいをかごうとして鼻をぶつけてしまったりします。運動感覚は体に備わった三次元レーダーのようなものです。もう一度言いますが、これは無意識で働く感覚です。

スキーのようなスポーツでは、自己受容と運動感覚が協働する必要があります。自己受容がまっすぐ立つよう手足に指示を出し、運動感覚が体の位置を判断して、スロープを滑るときの角度やスピードや方向を調節できるようにします。

もうひとつの例は声です。一定の大きさの声を出すのと、自分が意図した大きさの声が出ているかを聞き取るのはそれぞれ別のスキルです。そして、第３のスキルが認知です。声がその場に適した大きさかどうか脳が判断します。大きすぎる場合は、最初の音量を調節するスキルに戻り、目指す大きさに調節するのです。あなたがロマンチックな雰囲気のカフェにいるとき、隣の席の男性客が携帯電話でやかましく話していたとしましょう。あなたには男性が、自分が意図した以上に大きな声が出てしまっているのか、大声で話していることに気づいていないのか、気づいていても迷惑ではないと思っているのか推し量ることはできません。この３つにはそれぞれに異なるスキルが必要になります。

でも、これがセックスと一体どんな関係があるのでしょう？　自己受容は誰かをハグするときに腕をどう動かしたらいいか指示を与え、運動感覚はどれだけ腕を伸ばしたらいいか、どれだけ力を入れたらいいかを知らせます。もちろん、その人があなたからのハグを受け入れてくれるかどうかを判断する社会的な能力も必要になります。

感覚が鈍いとき

ジムのトレーナーやバレリーナ、幼児教育の専門家は別として、ほとんどの人は何らかの問題が生じるまで、自己受容と運動感覚を意識したことすらありません。しかし、このふたつの感覚に問題があると、性的な関係にも支障が出てきます。

たとえば、**自己受容に異常があると、どれだけの大きさの声で話したらいいのか、どれだけの力でパートナーの腕を撫でたり、胸のふくらみを愛撫したりしたらいいのか分かりません。**

同様に、**運動感覚に問題があると、自分の動きが他人に対し、どう作用しているか感知できず、どれだけ近づいたらいいか、どれだけの速度で近づいたり、離れたりしたらいいか適切な判断ができません。**

このような問題を〝神経性性的学習障害〟と呼ぶことにしましょう。感覚に問題がある人は、パートナーにぎこちない、自分のことしか考えていない、無神経と思われがちです。もっと気を遣ってくれたら誤って髪の毛を引っ張ったり、耳元でささやく声が大きすぎたりすることもないのにと、相手をいらつかせ、怒らせるのです。

でも、どんなに〝注意を払って〟も視力や聴力がよくならないように、自己受容と運動感覚も注意しただけでは改善は見こめません。

あなたとパートナーに問題がないかチェックする簡単な方法があります。声が大きすぎるといつも文句を言っている人、ベッドで何度も「痛い」と言ったり、蹴らないで、肘があたった、強く噛みすぎると言ってセックスを中断させたりしている人は、相手に神経性性的学習障害の可能性があります。もしそうなら、性格の問題ではなく、身体的な問題としてとらえるべきです。

もちろん、なかには本当に自己中心的で無神経な人もいます。でも、本人が自覚している、いないにかかわらず、感覚の問題に苦しんでいる人たちに対しては、ＡＤＨＤ（注意欠陥障害）と同様の対応をすべきです。

一方、**自己受容が優れている人は、いわゆるテクニシャンである可能性が高いでしょう。運動感覚が優れている人は、人の気持ちに敏感です。両方がそろっていれば、理想の恋人です。**

自己受容の低い人と愛し合ったとき、あなたは〝なんてぎこちない人かしら〟とか〝彼女はベッドで何をしたらいいのかも分かっていない〟と思うかもしれません。自己受容に問題がなくても、運動感覚が欠けている人の場合は、〝体力はあるけれど、思いやりが足りない〟とか〝彼女はベッドでは素晴らしいけれど、何か物足りない〟あるいは、〝彼はゴージャスだけれど、自分のことしか考えていない〟という印象を受けるでしょう。私たちはこのように、パートナーのささいな感覚の問題を、受け入れ難い性格上の欠点ととらえてしまう傾向があります。

最悪の組み合わせは、鈍感な〝A〟と神経過敏な〝B〟の組み合わせです。Aの愛撫が強すぎるか弱すぎるかの2種類しかないのに対し、Bはその両極端の2種類のあいだに200種類のバリエーションを求め、そのなかから自分にぴったりの、たった1種類の触れ方を望むのです。

あいにく自己受容と運動感覚は、トラウマや過去・現在の不快な経験によって混乱する恐れがあります。セックスでも〝ぎこちなく〟なってしまうのではないかという不安や、相手を満足させなければというプレッシャーがフィードバックの機能を阻害するのです

（※自己受容と運動感覚を向上させる方法があります。まず、神経科医、物理療法医、スポーツ医学の専門家の診断を受けることをお勧めします。理学療法、ヨガ、太極拳、ジョギング、バランスボールを使ったエクササイズも身体感覚を養い、セルフ・モニタリングを学ぶのに役に立ちます）。

野球選手がプレッシャーからエラーをしてしまうのに似ていると思いませんか？　それとは逆に、アスリートがプレッシャーをはねのけて素晴らしいパフォーマンスをしたときは、フィードバック、情報処理、運動機能を混乱させることなく対処できたということになります。言い換えれば、自分の側からプレッシャーを与えることによって、外からのプレッシャーに動じなかったことになります。意識しないでやっている人もいますが、なかにはイメージトレーニングなど、このテクニックを意識的に使う人もいます。

触れるのにも注意が必要

セックスで重要な触れ合いに関しても、好き嫌いがあります。**触れられるのが好きな人**

もいれば、そうでない人もいます。驚くことではありません。食べ物にしろ、映画にしろ、ふたりの人間がいて、同じ対象に同じレベルの興味を持っていることのほうが珍しいのです。

他のあらゆる現象と同様、私たちは触れられることに関しても、生まれながらにそれぞれ異なる関心のレベルを持っています。しかし、触れられてどう反応するかは個人の好き嫌いを超えた問題です。

刺激に人一倍敏感な赤ちゃんがいたとしましょう。音、におい、味など、五感に訴えるものを他の子より強く感じるのです。電気がついたり、大きな音がしたりしただけで泣きだし、手のかかる赤ちゃんというレッテルを貼られてしまいます。このような赤ちゃんは、笑顔やささやき声であやされることすら喜びません。赤ちゃんとしてこれ以上罪作りなことがあるでしょうか。他の赤ちゃんと同じように声や身振りでコミュニケーションをとろうとしてもうまく意志を伝えられず、「強い刺激を与えないで！」という最大の要求は大人には伝わりません。

その30年後。刺激に敏感な赤ちゃんは触れられるのが嫌いで、体臭やセックスで体が濡れたり汚れたりするのに耐えられない大人になりました。セックスを完全に拒否しているように思われますが、実際はそうではありません。他の刺激と同じように、セックスの刺激を人一倍強く感じて心地よいと思えないのです。

あなたが触れ合いを好むなら、そんなパートナーの態度に拒絶されたと感じるでしょう。さらに、自分にだけこういう態度を示すのだと思ったら、建設的な会話はほぼ不可能です。パートナーの好み、限界、〝機能〟を自分だけに対するものだと誤解しないことも、セックス・センスの重要な要素です。これはセックスに対する不安を払拭するための、もっとも有効な手段でもあります（※こうした人々が触れられることに関心を持ち、安心感を得られるように、多くの専門家が多彩な方法を提供しています。フィジカルセラピーやヨガ、ダンス、マッサージなどです。セックス・セラピーや催眠療法もこうした改善の手助けになるでしょう。問題を抱えたカップルはまずこうしたプログラムに参加してみることです）。

セックスは文字どおり不浄なもの

排泄器官の接触であるセックスに体液や汗はつきものです。清潔とは言えない体で愛し合うこともあります。10歳の子供でもグロテスクだと思うでしょう。セックスを楽しむためには、この見方を180度変える必要があります。

わざわざ不潔な状態で愛し合う人は多くありませんが、お互い合意の上で、一般的なエチケットに縛られないセックスをすることもできます。ベッドを濡らしても、ヨダレをたらしても、妙な音を立てても、泣いてもOK。謝罪も説明も必要なし。**セックスを〝非監視地帯〟にすれば、リラックスして体が求めるままに自由に愛し合うことができます。**歓びや親密さが増し、自尊心が傷つくこともありません。これが、セックス・センスです。

潔癖症の人は前もってシャワーを浴び、お互いの体を清潔にしておけば、安心して楽しむことができます。一方、セックスの最中もきれいでいたい、濡れるのは嫌だということであれば、セックスを楽しむのは難しいでしょう。このような人たちは、体を、歓びをもたらす源泉ではなく、不潔なものと見ているのです。

患者さんがセックスについて不潔を連想させる表現を使ったときには、潔癖症を疑い、患者さんにもパートナーにも、あなた個人に向けられたものではないので、わがままだと非難しないようアドバイスします。そして、愛し合う前にお互いの体の好きな部分に注意を向け、どんな歓びが得られるか想像するように、体液や汗は安全なもので、愛情の表現だと解釈するように言います。

境界に侵入してこそセックス

セックスを楽しむためには、**相手の境界に侵入すると同時に、自分の境界に侵入されるのを許さなければなりません。**これが親密なセックスを担う重要な要素です。セックスの大半は、自分の体の一部をパートナーの体のなかに入れることです。舌、指、ペニス、口、ヴァギナ、肛門。セックスとは個人領域への一時的な侵犯なのです。それを不快に感じるのなら、硬く勃起したペニスも、潤ったヴァギナもたいした価値はないでしょう。

あなたはセックスの最中、上の空になっていませんか？　パートナーに反応を示せるほどにリラックスしていますか？　していないなら、相手はあなたが何を感じているか知りようがありません。言葉や身振りで伝えましょう。

自分を表現するのを極端に恐れている人もいます。自分が感じたことを人に知られてはいけない、または、それを表現するのははしたないと考えているのです。

行為の最中にコミュニケーションをためらう人は、相手に弱みを知られる気がして怖いのです。どんなふうに感じたかをしつこく訊きたがる人もいるので、無理もありませんが。

私はセラピストとして、患者さんがコミュニケーションをためらう理由を探ります。歓びを表現するのが本人の慎み深いというセルフイメージに反するのか、セルフイメージに反する別の何かを感じているのか、その理由を突き止めていきます。

どうしても境界に侵入されるのが苦手という人は、セックスが終われば、侵入は終わると思うと気が楽です。テニスの試合と同じです。

個人の境界がセックス以外でも尊重されていないと、セックスで境界線を下げるのが難しくなります。ふたりが対等な関係にないと、セックスにおいても、どちらか一方だけが拒否できるようになってしまいます。もちろん、頭痛を訴えたり、わざと喧嘩をしたり、疲れていると言い訳したり、他の仕事をしたりして間接的に「ノー」を言う人もいますが。

前のパートナーとのトラウマから、今の彼女とセックスできない。

——62歳、PTSDの男

サルヴァドーレのトラウマはセックスとは無関係のものでした。今から数十年前、他の男性との再婚を望んでいた前妻に虚偽の暴行で告訴され、子供たちの親権と全財産を奪われました。絶望の底に突き落とされた彼はやがて職も失い、人づき合いを避け、特に女性を避けるようになりました。

ところが3年前、エリザベスという女性と親密な関係になりました。エリザベスはセックスと愛撫を求めていましたが、当時62歳だったサルヴァドーレはなかなか応じることができません。エリザベスの発案により、彼の性欲を回復させるべく、ふたりで〝セックス・セラピー〟を受けに来たというわけです。最初のセラピーでは、サルヴァドーレは、私とほとんど目を合わせることができませんでした。一方、エリザベスは彼の服が古臭くて似合っていないとか、髪を切ったほうがいいとか、話し声が小さくて聞き取れないとか、家でダラダラしてばかりとか、不満を並べ立てました。

確かにエリザベスの言うとおりなのですが、サルヴァドーレは彼を批判ばかりしているエリザベスを見て前妻を思い出し、不安に駆られていたのです。もともと性的な関心がそれほど高くなかった上に、前妻との一件がトラウマとなり、女性を信頼して受け入れることができませんでした。愛情を体で表現するどころか、彼の存在そのものが心理的なストレスに押しつぶされていたのです。すぐに分かったことですが、彼は当時、前妻の脅迫、警察の執拗な事情聴取やソーシャルワーカーとの面談に疲れ果て、意識を解離させることで対処していたのです。つらい経験から自分自身を切り離し、何もなかったように感じて身を守る、いわゆる解離性障害を発症していたのです。

サルヴァドーレの精神的なショックは相当なもので、私は彼を心的外傷後ストレス障害（PTSD）と診断しました。セックスはPTSDとは直接関係はありませんが、彼の精神状態がセックスに影響を与えたのは明らかです。

過去の結婚の悪夢のせいで、彼は突然エリザベスからも解離することがしばしばありました。何らかの感情を感じることがあるとすれば、たいてい「怒り」でした。それがエリザベスの怒りを買い（彼女自身、工場の組み立てラインで働いていて強いストレスを感じていました）、ふたりはよく喧嘩をしました。サルヴァドーレは受け身でいるか、意地悪くなるかのどちらかで、どちらも人間関係を築いたり、セックスを楽しんだりするのには適していません。

解離しているとき、彼はエリザベスと愛し合うのはおろか、触れることもできず、それがいっそう彼女を怒らせます。せがまれたり責められたりしたあげく、ときにはおざなりに愛撫したり、受け身のセックスをしたりはしましたが、もちろん、それでエリザベスが満足するはずもありません。

サルヴァドーレのPTSD＋エリザベスの欲望＝トラブル

セラピーでは、サルヴァドーレのセックスの問題を解決する前に、彼の意識と体を一致させることから始めました。そのためにやらなければならないことがいくつかありました。

●自分がPTSDに苦しんでいることをサルヴァドーレに認識させる。
●〝解離〟がどういうものか、それが精神に与える影響をふたりに理解させる。
●サルヴァドーレが彼女を拒否しているのではないと、エリザベスに認識させる。
●意識が解離しているパートナーと一緒にいるエリザベスの気持ちを、サルヴァドーレに認識させる。
●どちらにも責任はないということをふたりに納得させる。
●サルヴァドーレに非物理的な活動から物理的な歓びを受け入れさせる。
●エリザベスがどんなふうに見えようと、前妻とはまったく関係のないひとりの女性であることをサルヴァドーレに理解させる。
●サルヴァドーレに欲望を抱くのは悪いことではないが、控えめにするようにエリザベスに言う。
●タッチング・エクササイズをする。
●サルヴァドーレとエリザベスに、サルヴァドーレが解離する徴候や、セックスの最中に解離が起きたときに行為を中断する方法を学ばせる。

こうして数十回に及ぶつらいセラピーの後、サルヴァドーレは解離状態から脱しました。「エリザベスは完璧ではありませんが、前妻ではありません。そうですよね？」私たちは頷きました。「だから、彼女から自分を守る必要はないですよね？」と、慎重に尋ねます。

彼は初めて、感情のスイッチを切って心を遮断し、精神的な仮死状態に入っていった経験について話してくれました。妻に裏切られて、子供を失った心の痛み、〝刑事と精神科医〟に尋問された屈辱と恐怖があまりにも強く、〝何も感じない、何も求めない、無になる〟ほうが楽だと思ったのだと彼は打ち明けました。

エリザベスが求めていたのは、体を重ねることで欲望や歓びや親密さを感じられる男性ですが、サルヴァドーレにはとうてい無理なように思えました。でも、彼は変わろうとしています。今現在も奮闘中です。

マスターベーションの経験と癒し

今から百年前、かの有名なオスカー・ワイルドは「自分自身を愛することは生涯にわたるロマンスの始まり」と言いました。

マスターベーションはその究極の例です。**欧米諸国では、男性の90％、女性の3分の2がマスターベーションをしています。2009年には、ヨーロッパ各国が健康的な習慣としてマスターベーションを推奨するようになりました。**

もちろん、誰もがそう思っているわけではありません。患者さんとマスターベーションの話になった際、楽しんでいますかと私が尋ねると、多くの患者さんは頭がどうかしているんじゃないのかという目で私を見て、「楽しいに決まっているじゃありませんか。それ以外にマスターベーションをする理由がありますか？」と答えます。しかし、罪悪感を覚える人が多数存在するのも事実です。妻や夫、神に対する背信行為のように感じるのです。

マスターベーションの経験はセックス・センスに欠かせません。今現在、パートナーがいる人がセックスを楽しむためにマスターベーションをする必要はありませんが、すれば必ず役に立ちます。一度もしたことがないという人は、罪悪感や羞恥心が理由になっていないか自分の胸に訊いてみてください。

セックスを経験する以前の数年（数十年）間、マスターベーションが自分自身の体を知る唯一の手段です。欲望を感じるとは、興奮するとは、そして満たされるとはどういうことなのか知ることができるのです。何よりも重要なのは、マスターベーションによって性が開発されることです。以下に挙げるポイントを覚えておいてください。

●マスターベーションはひとりで楽しめる。
●何が起きるか分からないという体験を可能にする。
●実験的な試みができる。
●どんなことをすれば自分が歓びを得られるのかが分かる。
●マスターベーションは恥ずべき行為ではない。〝本当の〟あなたの価値が下がるものではない。

しかし、マスターベーションは有害で恥ずべきことだと教えられて育ち、大人になってからも病的で悪習だと信じている人もいます。

パートナーがいても、マスターベーションをしていいのです。パートナーにセックスの回数が少ないと不満を言われてもやめる必要はありません。もちろん、パートナーの不満は無視すべきではありませんが、私の臨床経験からいっても、マスターベーションをすることでパートナーへの欲望が減退することはありません。「アイスクリームを食べるのを控えれば、もっとブロッコリーが食べられるようになるよ」と言っているようなものです。

性を豊かなものにする次なるステップとしては、セックスの最中、パートナーと一緒に自分の体に触れてみましょう。タブーを恐れずに挑戦してみてください。

実際にどれだけの男女がそうしているのか、具体的なデータがないので分かりませんが、そう多くはないでしょう。実にもったいないことです。自分で触れるのですから、どこにどう触れれば最高の歓びが得られるか学習できます。私はこれをマスターベーションとは呼びません。マスターベーションはひとりで行うものだからです。

セックスの最中、自分の体に触れることを勧めるのには、他にも理由があります。あなたがどんなふうに触れられたいか、パートナーに伝える最良の方法だからです。**あなたが女性なら、パートナーの男性はあなたが本当に興奮したとき、あなたのクリトリスがどれ**

ほど敏感になるか知りません。あなたが男性なら、睾丸をどれだけの強さで（いつ、どこをどんなふうに）握ったらいいか女性に教えることができます。

「今ここにいる」という贈り物

気づいていない人もいるかもしれませんが、セックスを楽しむには集中力が必要です。集中力が必要と言われても、どういうことなのか分からないという人も大勢いるでしょう。分かりやすく説明すると、座り心地の悪い映画館の座席に座っていても映画を楽しんだり、大渋滞に巻きこまれても、イライラせずにゴールデン・ゲート・ブリッジの美しさを堪能できたりする能力のことです。

パートナーと愛し合っているあいだ、あなたの気を散らすものはたくさんあります。隣の家から聞こえてくる物音。最近出てきたお腹。最初にシャワーを浴びたほうがよかったのではないかという後悔の念。もちろん過去も気になるでしょう。この前したときはどんなふうだったか？　初めてのときは？　2年前は？

ウィリアム・フォークナーはこう書いています。

「過去はけっして死なない。過去は過去ですらない」

愛し合っているあいだ、多くの人が自分の反応を気にしています。**十分に興奮しているか？　ちゃんと勃っているか？　濡れているか？　オーガズムは？　パートナーにどう見られているだろう？　こんなことを気にしていたら、セックスに集中できません。**ところが、実際のセックスはこのようなものなのです。

なかには、自分の体や心に意識を集中させるのを怖がる人もいます。指先や鼻、視界から得られる情報を過度に意識し、不快なものがあると自分自身に原因を見出してしまうのです。そんなとき、「日曜日に靴を修理に出そうか」などと考えるのは気がそれて都合がいいのです。

自分のことだと思ったあなた、集中できないようならセックスを中断することをお勧めします。途中でもなんでも、パートナーの顔を見て、優しく言いましょう。
●「もう一度最初から始めない？」

●「今はそんな気分じゃないの。別の機会にしましょう」

こうしたセリフを、行為のあいだでも適切な場合に使えるようにしておきましょう。

ここで質問です。セックスに関して、体はあなたを裏切る厄介な存在でしょうか？　それとも歓びの源でしょうか？　前者なら、今というときに集中して、パートナーとの深い結びつきを得たり、体でポジティブな感情を表現したり、自分自身を探求するのは難しいでしょう。

後者なら、どんなことでも可能です。セラピーでは、カップルがどんなセックスを求めているのかを探り、それを実現する手助けをしています。

第7章

手放すべきもの
セックス・センスを妨害するもの

Chapter 7

Letting Go
Obstacles to Developing Sex Senses

EDになったことを妻に打ち明けられない。

――44歳、中年クライシス男

ウィンチェスターはなかなかいい男でした。歯科医としての評判は上々、友人たちとボウリングを楽しみ、家では家事に協力を惜しまない。彼を頑固だなどと考える人間は私だけでしょう。

彼が私のところへ来たのは、性欲がほとんどなくなり、勃起不全が加速していたからです。彼は妻のジェイニーを愛していて、かつてのように性生活も夫婦関係もよくしたいと真摯に訴えました。妻は気さくで可愛らしく、セックスに前向きということでした。

「以前の性生活をただ取り戻したいだけなんです。ジェイニーを愛しているから、もう一度彼女とちゃんとした性生活を送りたい」と彼は率直に訴えました。当然の願いだと私は思いました。

ウィンチェスターは、20年間ほとんど欠かさず毎週月曜日にボウリングに興じ、そのアベレージは２２０とかなりの腕前でした。しかし、どのスポーツにも起こりうることですが、ハイレベルのボウリングを長年続けてきた結果、彼の体にはそれ相応の負担が蓄積していたのです。30代の終わり頃には、慢性的に背中の痛みを覚えるようになっていました。少しでも変に体をひねったり曲げたりすると感じるその痛みは、年を追うごとに鈍く脈打つものから鋭く刺すものへと変わっていきました。運の悪いことに、正常位でのセックスや膝をついての妻へのオーラルセックスは、その「変な体勢」に該当したのです。

こうなると、セックスは単なる苦行でした。違いはちょっと痛むかひどく痛むかだけ。ところが可能な体位が制限されたにもかかわらず、頑固な彼は年々増す痛みに耐えながらお気に入りの体位を続けたのです。その結果が勃起不全。やがて彼はセックスを避けるようになりました。彼はこの事実を、ジェイニーに知らせようとはしませんでした。なぜ認めたがらないのか。セラピーを重ねるうちに、妻はおそらく理解してくれるだろうと彼は認めるに至りました。

「でも、妻に同情されたくないよ。今までどおり、男らしく彼女の上に乗ってセックスしたいんだ」

「でも、どう考えても無理ですよ。違うやり方でなら、いくらでも楽しめますが」

「もう二度と、男らしくセックスを楽しめないのでしょうか」

「楽しめますよ。あなたが男らしいと考えるやり方ではないだけです」

セックスで痛みを感じるのは女性だけと思っている人が多いのですが、そうではありません。

「ウィンチェスター、これはセックスの問題じゃありません。生きていく上での心の持ちようなんです。あなたは44歳にして、自分が老いつつあるという現実にぶつかったんですよ。だから、年を重ねたなりの新しい男らしさを見つけなければ」

このままではウィンチェスターは〝引退〟に追い込まれます。それが嫌なら自分自身を変え、新たなセックスのやり方を開拓しなければなりません。これは、遅かれ早かれ誰もが直面する問題です。うまくやれる人もいれば失敗する人もいます。挑戦をしないまま自分のやり方に固執して、挫折し、失望に引きこもる人も多いのです。あなたなら自分を変えられると信じていますと私が言うと、彼はついに打ち明けました。失敗するか、成功するか分からないのが怖いのだと。

自己改革には何カ月もかかり、彼は課題をひとつひとつ乗り越えていきました。

そしてようやく終わりが見えた頃、妻を連れてきていいかと彼は尋ねました。もちろん私は会いたくてたまりませんでした。既婚者とのセラピーでは、その場にいない第三の当事者にいつだって興味を覚えるものです。でも、自分の好奇心を優先させるような真似は許されません。

「なぜ連れてきたいんですか？」

「これまでのセラピーの内容を先生に説明してもらって、僕が単なる弱虫じゃないと妻に分かってもらうためです」

「説明は自分でするものですよ。私の出る幕じゃありません。人任せにしてはダメです」

「どうしてですか？」

「自己改革には、今のあなたを奥さんに理解してもらうことも含まれているからです。あなたから手を差し伸べて、ふたりで協力して難局を乗り越えなければ。大丈夫。きっとできますよ」

「先生にお願いするほうが簡単なのに」

「そのとおりです。でも、楽な道を選んではいけません。ときにセックスは私たちを人間として成長させてくれますが、それは簡単なプロセスじゃありません。結果は素晴らしくても、そこに至るまでには苦労が伴うものです」

彼は自分で妻に話しました。ふたりはもう、「正常位のセックスはしない」と決め、一緒に涙を流しました。妻もまた、何かを失うことになるからです。

「でも、あなたが痛い思いをするようなセックスは嫌だわ。それにとにかく、これからもあなたとどんな形であれ性生活を続けられるのなら、まったくなくなるよりはずっといいわ」と彼女は言いました。

セックスの前後や最中に、そのときやるべきことに集中するのがセックス・センスです。しかし同時に、何を手放すべきかを知ることも大切です。間違ったものにこだわってしまうと、正しいものに集中するのが難しくなります。

ここからは典型的な〝間違ったもの〟を挙げ、それらに対するこだわりを捨てることがなぜ大切なのかを説明しましょう。そして次章以降で、何にどうやって集中すべきなのかを見ていきましょう。

〝ノーマル〟であることへのこだわりを捨てよ

まずこれを挙げたのは、第2章ですでに論じているからです。

内容も第2章の確認です。つまり、私の目標は〝人と違っても、それはそれでノーマルだ〟と納得してもらうことではありません。それより高い志、つまり、**ノーマルかどうかという価値判断自体を捨ててもらう**ことを目指しています。

もちろん、簡単ではないでしょう。人との比較によってではなく、自分の力で自らの性的能力を評価しなければならないのですから。では、ノーマルに対するこだわりを捨てると何が得られるのでしょう。ひとつには、パートナーとの距離が縮まります。あなたださって本当は、セックスについてパートナーとあれこれ話し合いたいと思っているのではありませんか？　きっと何か話すことがあるはずです。そしてそのような話し合いは、あなたの性生活に必ずプラスに働きます。

挿入と射精へのこだわりを捨てよ

ほとんどの人たちは、ペニスのヴァギナへの挿入と射精をもって〝本当のセックス〟が成立したと見なします。インターネットが普及する以前の時代を知っている人ならば、延々と続いたあの奇妙なモニカ・ルインスキー事件を覚えているでしょう。事件のハイライトは、当時現職だったビル・クリントン大統領がテレビカメラや妻、神の前で「私はあの女性と性的関係を結んでいない」と誓った瞬間でした。

彼の言葉は文字どおりの意味では、確かに正しかったと、後で判明しました。〝性的関係〟とはペニスのヴァギナへの挿入を伴う性交を指すのが通念だったからです。そういう意味では明らかに、彼と〝あの女性〟とのあいだに性的関係はありませんでした。けれど実際には、大統領は多くの人たちがセックスと見なす行為をしていたため、嘘つきという非難を浴びることになりました。のちに彼はわざと誤解させるような表現をしたと全国ネットのテレビで謝罪しましたが、法的にはあれで正しかったのだと強調しました。
それにしても、**挿入＋射精の素晴らしさとは一体何なのでしょう？** なぜ皆、わざわざ挿入などするのでしょうか。

では逆に、デメリットを列挙してみましょう。

●勃起が必要である。
●避妊が必要である。
●ほとんどの女性にとって、オーガズムを得やすい方法ではない。
●中年以降の女性には、苦痛を伴うことがある。そのためパートナーも苦痛を感じる。
●病気を媒介しやすい。
●目で確認しながらでないと、挿入しにくい。
●必ずしも愛情に満ちた親密な行為ではない。

●事前に気持ちが十分に高まっていれば別だが、性交自体は特に興奮を生むような行為ではない。

しかし、問題は挿入＋射精そのものにあるわけではありません。世間に蔓延する、セックスに対する固定観念にあるのです。私たちは挿入＋射精だけを〝本当のセックス〟と考え、他の行為はすべて〝前戯〟（挿入前の単なる準備段階）であると見なし、いったん性的に高まれば〝最後〟まで行為を終わらせなければ成功したとは言えないし満足も得られないと信じています。自由な振る舞いを制限するこうした狭いものの見方は、ほとんどの人が理想のセックスの側面として挙げる、〝遊び心〟〝自然な接近〟〝リラックス〟という要素の対極にあります。

一方、各種性的な行為の頂点に挿入＋射精を位置づける私たちの意識は、〝本当のセックス〟には望まない妊娠という危険が常につきまとうという問題を生むことになります。

もし、すべてのセックスは挿入＋射精で完結すべきという意識を持たなければ……

●自分がちゃんと〝機能〟するか心配せずに性行為を始められる。
●終着点を気にせずに、性行為を楽しめる。
●どんどん興奮を高めていかねばと考えずに、ただ好きな行為に集中できる。

だから提言します。挿入＋射精にこだわる必要はありません。

ヒエラルキーへのこだわりを捨てよ

多くの成人にとって、セックスを文化的に理解する上で大きな役割を果たしているのが、性行為ヒエラルキーです。これは性行為をどちらがより〝本当のセックス〟らしいかという観点で比較して、ピラミッド型に分類したものです。このとき、〝より本当のセックスらしい〟は〝より楽しめる〟とイコールではないことに注意してください。ふたつの性行為についてどちらが上かという判断は人それぞれですが、その文化圏全体で見ると大まかな傾向が存在します。アメリカ国内でも文化や人種の違いによって、慎み深さ、実験的行為、自己コントロール、避妊の可否、複数の性的パートナーを持つこと、痛みを避けること、女性の服従、誘惑的行動、あるいはオーガズムといった性的な現象に対する価値観が異なります。しかしいずれにせよ、西洋文化では挿入＋射精が異性間のセックスにおいて頂点に君臨している点は一致しています。つまり、人によって次のどの表現を選ぶかは異なるでしょうが、性交はもっとも〝シリアス〟で、もっとも危険、もっとも親密で、もっとも神聖で、もっとも〝自然〟あるいは〝ノーマル〟であると、常に〝もっとも〟という形容が伴うのです。

多くのアメリカ人の合意として、その下にはパートナーとともに行うやはり性器に直接関わる行為（オーラルセックスやアナルセックス、手淫など）が位置します。さらに下に、マスターベーションや性器に関わらないセックスがきます。キスは分類できません。退屈で煩わしく興ざめなものだと考える人たちもいれば、もっとも親密な行為だと受け止める人もいるからです（腹が立っているときでも性交はできますが、キスは無理です！）。

性風俗、インターネットセックス、テレフォンセックス、SMなど倒錯したセックス、フェティシズム（放尿、手袋など）をどう分類するかは、人によって大きく異なります。

こうしたセックスを実践する人にとっては重要度が高いでしょうし、実践しない人にとっては存在しないも同然です。

では、こうしたヒエラルキーを意識するとなぜ私たちの満足感は損なわれるのでしょう。

それは、ヒエラルキーにこだわりすぎると実際の経験を軽視することになるからです。

ある行為を〝単なる前戯〟とか〝本当のセックスじゃない〟とないがしろにするようになります。またヒエラルキーの構成がパートナーと一致しないと、セックスにおいてふたりのあいだにすれ違いが生じます（たとえば足へのマッサージを、片方は親密で興奮させられる行為ととらえ、片方はまったくの時間の無駄と見なすような場合）。

セックスに成功とか失敗とかいう概念が生まれるのは、ヒエラルキーがあるからです。

もしあなたが勇気をふるって性的冒険を試みたのに、思いのほか評価が低かったとしたら、相手に軽く扱われたとか自分に落ち度があったと感じるでしょう。また同様に、ヒエラルキーは〝機能不全〟という概念を生み出します。セックスを〝成功〟させるために特定の何かを行う必要があるとなると、〝不可欠な何かを行えない〟つまり機能不全というカテゴリーができてしまうのです。

性行為ヒエラルキーのトップに、「挿入＋射精」を据えた場合、それに伴って先に挙げた種々の問題が発生します。オーガズムへの過大なこだわりが生まれ、パートナーとともに自分に触れるといった行為をエロチックな選択肢のひとつとして許容せず、否定する感覚につながります。

セックス・ヒエラルキーなど忘れてしまいましょう。

成功へのこだわりを捨てよ

セックスでもっとも大切なのは失敗しないことだと言う人がいます。適性を把握できておらず、自分なりのセックスを確立していない若い人に多いのですが、私たちはもっと高い理想を抱くべきだと思うのです。

大勢の男女が救いを求めて診察室を訪れ、「自分はセックスが下手だ」とか「新しい彼とベッドをともにするつもりだけど、前の彼とはさんざんだったから、今度は絶対に彼を失望させたくない」などと言います。

なぜセックスの上手い下手をそれほど問題にするのでしょうか。最初は皆そんなことはなかったのに、頭で考えすぎてしまうのです。これは飲酒に対する姿勢とよく似ています。自分が人より多く飲めることを自慢し、酒に弱い人たちをばかする人がいます。患者さんにも「どんな相手にも飲み負けない」と吹聴する人がいました。一方、飲酒とは単に酒を飲むことだと考える人もいます。

ブロッコリーに置き換えてみると、バカバカしさがよく分かります。「なんてこった、あんなにブロッコリーを食べられるやつがいるなんて。しかも後でおならも出ない。まったくすごい」とか「聞いてよ。メアリーったら、先週ブロッコリー1株を食べきれなかったのよ。しばらく顔を出せないでしょうね」なんて皆が噂するのを想像してみてください。

自分が上手くできているかどうか常に気にしていると、セックスの楽しみが大いにそがれるだけでなく、〝上手くやる〟こと自体も難しくなります。なぜなら現実にはセックスの上手い下手は個人の努力によるものではなく、内的および外的刺激に対する制御不能な体の反応、つまり自律神経の働きによるものだからです。失敗を恐れて上手くやることばかり考えていると、相手の体に触れ、感触を楽しみ、味わったりにおいをかいだりすることに気が回らなくなり、相手が微笑んでも目に入らないという結果になります。

〝上手くやる〟ことがこれだけ重視されるのですから、勃起不全治療薬が飛ぶように売れるのも不思議ではありません。そして勃起不全に悩んでいるわけでもない若者たちがこうした治療薬にどんどん頼るようになっていることも。私が診たなかにも、「一応保険として、ベッドに行く可能性が少しでもあれば〝お守り〟のつもりで飲みます。誰にも言う必要はないし、害もないですから」と語る25歳以下の患者さんが、これまで30人ほどいました。

もちろんヘロインのように体を蝕むものではありませんが、害はあると私は考えています。つまりバイアグラのような薬を飲む若者たちは、本当はそんなものは必要ないということを知るすべがありません。ちゃんと勃起しても薬のおかげだと考えるので、自信がつきません。薬による勃起が続けば自信がつくから、将来的には薬をやめられると言う人もいますが、10年間でそんなケースは見たことがありません。

パートナーとのあいだに秘密ができるという問題もあります。薬の服用をパ!トナーに打ち明ける男性はほとんどいません。そして使い続ければ続けるほど、秘密は打ち明けにくくなっていきます。ヘロインと違って体にダメージはなくても、人間関係によい影響を及ぼすとは思えません。

〝機能〟と〝機能不全〟へのこだわりを捨てよ

自分の性器が思いどおりに働けば正しく〝機能〟した、思いどおりに働かなければ〝機能不全〟だと多くの人たちが考えます。けれどそのような人たちのほとんどは、性的〝機能〟の発揮に感情が関わっていることに気づいていません。

次のような過程を経て、ペニスは勃起し、ヴァギナは濡れます。

●脳が性的メッセージを受け取る（たとえばある人たちにとってはサラ・ペイリンの娘の写真。一方、そんなものを見たら1カ月は勃たなくなると言う人もいるけれど）。
●脳が脊柱を経由して骨盤神経にメッセージを送る。

●骨盤神経がメッセージを受け取り、骨盤から広がる血管にメッセージを渡す。
●血管がメッセージを受け取り、反応して血管が拡張し、より多くの血液が流れこむ。
●血流が増大したことでペニスやクリトリスが硬くなる。また血流の増大は膣壁からの潤滑液の分泌を促し、ヴァギナを潤す。

この過程がすべて滞りなく働けば素晴らしいのですが、うまくいかないケースも明らかに多いのです。脳と脊髄、脊柱と骨盤神経、骨盤神経と血管のあいだの情報伝達に問題があったり、情報は伝達されても血管が反応しなかったり、糖尿病や高血圧、動脈硬化、アルツハイマーなどの病気や脊髄の損傷（スポーツや車の事故、戦争による負傷など）で機能しなくなることもあります。

さらに次のような問題が起こる可能性もあります。シンプルな電気インパルスという形で脊柱を通って伝達されるもののなかには、感情も含まれます（ロマンチックすぎる考え方かもしれませんが）。「警告！　性的興奮発生。骨盤周辺の血流の変化に備えよ」というメッセージとともに「あなたのような男は信用しないわ」とか「まだ私のママに謝ってな

肉体的/心理的に性的興奮が引き起こされる過程

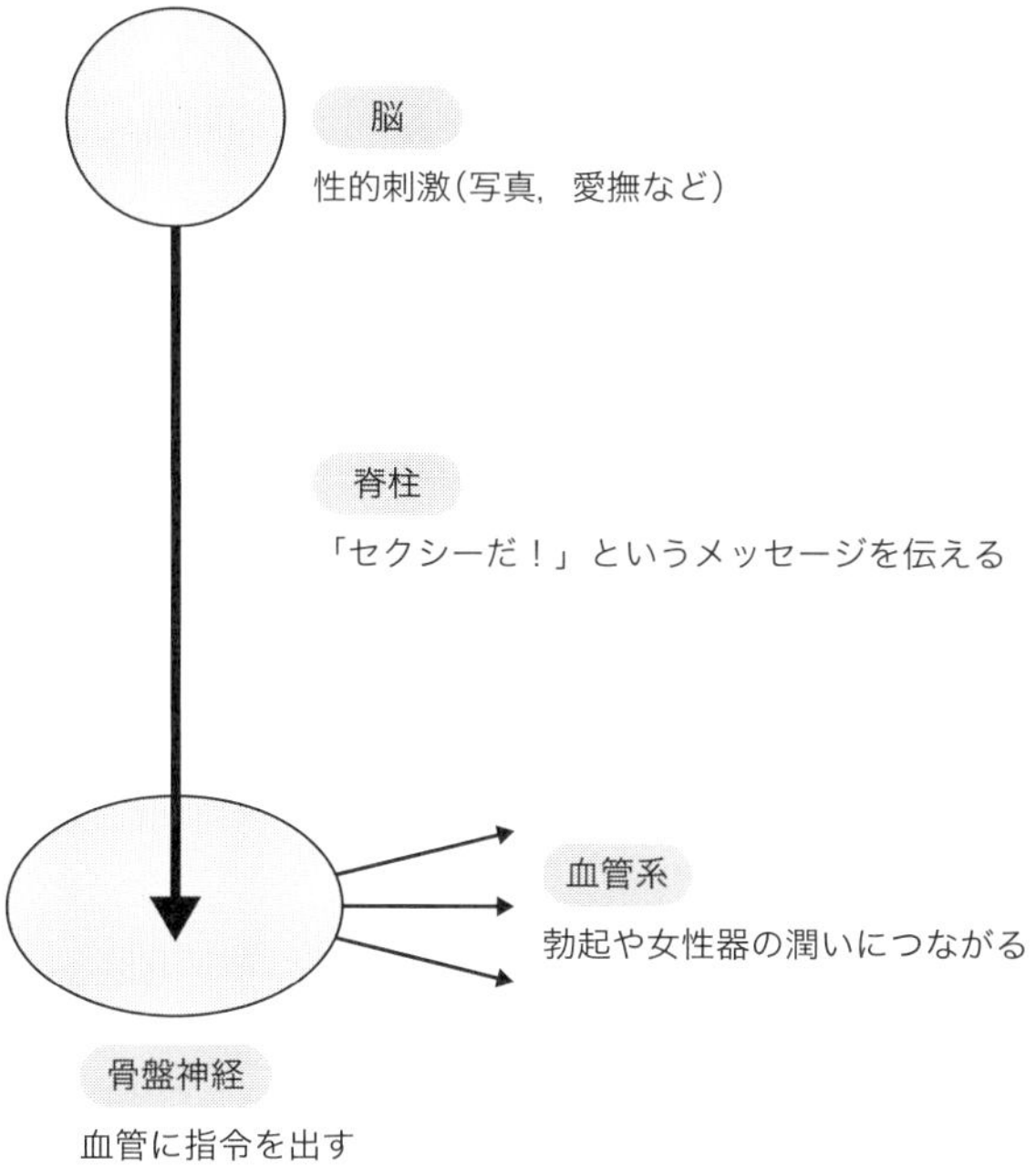

いでしょ」とか「一体私はここで何をやっているんだ」というようなメッセージも脊柱を伝わっていきます。こうした感情のメッセージはノイズとなり、性的シグナルが脳から骨盤神経にすんなり伝わるのを妨害するのです。その結果、十分な勃起が得られなかったり、いったん勃起しても維持できなかったりということが起こります。そしてブルガリアの古い格言にあるように、「ちゃんと勃たなければ、ちゃんと使えない」のです。

〝性的機能不全〟を訴えて私のもとにやってくる患者さんの多くが、性的メッセージを受け取って体が反応するはずのときに、感情のノイズを経験していました。けれどもこのようなケースは性的機能不全とは言いません。体は正常に機能しているからです。単に体が持ち主の意思に反しているというだけです。

たとえばこう考えてみてください。マクドナルドで1日3回、1カ月間食事を摂り続けたら、遅かれ早かれ、あなたは深刻な腹痛を訴えることになるでしょう。そして医者に駆けこみ、「何を食べましたか?」という質問をされます。あなたが意気揚々と（あるいは恥ずかしそうに）本当のことを答えれば、医者はきっとこう言います。

「ああ、それならよかった。あなたのお腹はちゃんと働いていますよ。普通人間の消化器官は、マクドナルドのメニューを1日3回、1カ月間消化するようにはできていません。だから今腹痛に見舞われているということは、あなたのお腹が正常に機能しているということです。帰ってブロッコリーを食べなさい」

これと同じことが、人間の性器にもあてはまります。マクドナルドでずっと食事を摂り続けるのと同じで、毎日怒りや悲しみ、寂しさ、混乱、恥ずかしさに苛まれ続けたら、肉体が性的に正しく高まることは難しいのです。あなたがそうした感情の蓄積を自覚しているかどうかにかかわらず、それを認めるかどうかにかかわらず、こうした現象は起こります。知りあったばかりの女性の自宅へ行き、愛し合う寸前に「大変、夫が帰ってきたみたい」と言われたら、あなたの性器はたちまち萎えるに違いありません。これは勃起不全ではないのです。こんな状況で勃起を維持できないのは普通のこと。あなたの血は、慌てて窓から逃げ出すといった別の行動に必要になるからです。

だから正常に機能しているか機能不全かにこだわるのはやめましょう。

最適な環境でセックスをしたいというこだわりを捨てよ

パリを、特別な場所として思い浮かべてみてください。うんと贅沢ができて天気もよく、フランス語を話せれば、誰でもパリ旅行を楽しめるのは間違いなし。でも現実には、その3つすべてがそろうことはまずありません。重要なのは、条件がそろわなくてもパリを楽しめるかどうかなのです。

誰だって完璧な状況でのセックスを望むし、そうすれば必ず楽しめるでしょう。申し分のないパートナー、ピカピカに磨きあげた清潔な体、完全なプライバシー（以前非常に恥ずかしがり屋な患者さんがいて、太陽が日食で完全に隠れ、千マイル四方にまったく明かりがなくならなければセックスしないと断言しました）、片づけなくてはならない雑用がひとつもない（自分が死んだらすぐ皿洗いと洗濯を引き継ぐよう、子供たちに約束させた患者さんがいました）、相手と最低6年間は喧嘩をしていない、そしてふたりともちゃんとこの日に備えてジムで体を鍛え、フロスで歯の手入れもすませているといった条件がすべてそろえば。

これはつまり、そんな状況は現実には存在しないということです。少なくても二度はありません。

大人になれば人生は複雑になり、途中で待ったをかけることもできません。だからセックスを楽しみたければ、いつだって完璧とは言えない状況で臨むことになります。だからといって、好みや絶対にはずせない条件をも否定するわけではありません。

歯を磨いていない人とは絶対に嫌、という人もいれば、生理中のセックスはタブーという人もいます。鼻風邪で頭痛がするときや背中が痛いときのセックスはありえないという人もいるでしょう。空腹なとき、カントリーミュージックがかかっているとき、同じ部屋にペットがいるとできないという患者さんもいました。逆に、ペットが一緒の部屋にいなければ絶対にセックスしないという患者さんも。また、ペットではなく人間に見られたいという人もいます。

でも今は、セックスをするかしないかは、あなたが決める状況にあると考えてください。そのようなとき、基本的な条件が満たされ、他に何も問題がなければ、前向きにセックスへと進むべきなのです。プラスの条件をすべてクリアし、マイナスの条件がすべて否定されなければことに進まないという姿勢はいただけません。もしあなたに否定的な理由を探す傾向があるならば、セックス・センスがその克服に大いに役立つでしょう。

お子さんを持つ方々への特別なアドバイスがあります。たとえ眠っていてもお子さんが同じ屋根の下にいてはどうしてもセックスを楽しむ気になれないという場合は、18年以上ものあいだセックスレスで過ごすことになります。お子さんを寄宿学校に入れる余裕があるならば話は別ですが。

それでいいという人もいます。でもあなたがパートナーにしょっちゅう不満を漏らしたり子供たちに腹を立てたりしているのなら、子供が家で眠っているとき、家で起きているとき、家にいないときの3つの状況別にセックスの仕方を工夫し、声の大きさを調節するべきです。配偶者が家にいないとき、という状況を考えたい人もいるかもしれませんが、それはまったく別の話になります。

完璧な環境に対するこだわりを捨てることをお勧めします。

〝自然〟であることへのこだわりと、面倒なコミュニケーションは避けたいという気持ち

大人になってから、最近〝自然に〟何かをしましたか？

言い方を変えましょう。大人になると無作為で自然な行動は、前もってきちんと計画を立て、状況に応じて常に修正を加え、着実に秩序だって実行するという過程を踏むことなしには成り立ちません。いくつか例を挙げましょう。

●**サイクリングに行く**：事前に計画を立てているにしても急に思い立ったにしても、まず必要なのは自転車。次に乗り方を知っていること、天候に適した服を持っていること（事前に天気予報をチェックしてもよい）。タイヤに空気を入れ、水筒に飲み物を詰める（水筒、持っていますよね？）。チェーンを忘れずに（もちろん鍵も）。考えるだけでも疲れる作業をすべてすませたら、好きな場所へ好きなだけ出かける。くれぐれも服装には注意。

●**ピクニックに行く**：1週間前までに、誰が食べ物、飲み物、敷物、フリスビー、音楽を用意するか決めておく。当日はそれらを好きな順に楽しみ、気が乗らなければばいくつか省いてもいい。でも事前に準備していなければ、当日楽しめるものの幅はおのずと狭まる。

●**4人分のチリビーンズを作る**：サイクリングやピクニックの後、気が大きくなって友人たちを夕食に招待したとする。「このまま家においでよ」と言ってしまったが、幸い家には料理に必要な材料がある。冷凍庫にストックしてある肉を、電子レンジで解凍すればいい。キッチンは昨日の夜掃除した。料理の仕方も知っている。ボトル半分のシャルドネを皆で分け合った後、いつ料理を出すか、野菜を出しても場がシラけないかを判断する。

●**セックスを楽しむ**：トイレをすませてから、本日の愛の巣作りに取りかかる。まずは必要なあれやこれやを準備。避妊用具、潤滑剤、感染症予防に必要なもの、大人のオモチャ、縛り紐など。事前の協議の結果、シャワーを浴びる必要はないということに。スパンキング（もちろん相手への）、同僚（相手以外の）に対する妄想、言葉責め

（ふたりとも好き）についても前もって話し合った。このように事前に計画を立て、重要な事項について確認しておくと、安心して〝自然な〟セックスに取りかかれる。つまりはふたりが望むセックスを、好きなやり方で楽しめる。なんなら〝ノーマル〟なセックスは飛ばしてもいい。

「過ぎたるは及ばざるがごとし」という言葉もあるですって？　確かに。でもセックスに限っては、〝自然に〟楽しむためには事前の計画が不可欠なのです。

30歳でも50歳でも70歳でも、ほとんどの人は若いころのセックスがいかに〝自然〟だったか覚えているものです。では、その思い出を細かくチェックしてみましょう。

まず言えるのは、思い出にある出来事は実は自然ではなかったということです。ほとんどの場合、どちらかあるいはふたりとも事前に、どうやってことを進めればいいか、どうしたら自然に見せかけられるか、どの服が最適か（誘惑的でありながら売春婦に見えてはならない）念入りに計画を立てているものです。また、初めてのセックスが作為のない自然なものであることはまれです。最初は特に、本物の男だとか恋する女、恋に苦しむロマンチックな人間といった固定的なイメージに自分をあてはめようとしてしまいがちだからです。

とはいえ、若い頃のセックスに、作為のない自然な側面がしばしばあったことは否定できません。たとえば酔っぱらって朦朧とすると私たちは〝明日電話するべきか〟〝彼女は今日のことをどう思うだろうか〟〝こうなっても自分たちは友達でいられるだろうか〟といったことに関して相手の無言のサインを読みとろうとしなくなりますし、避妊や病気の予防もおろそかになりがちです。もし今、若い頃と同じこうした状況に直面したら、あなたはまったく同じようにことを進めますか？　それとももっと準備を整え相手の希望を探り、ちゃんと避妊するでしょうか？　部屋をもう少し明るくしますか？　〝自然である〟ほうがいいなどという理想は、どこかへ消えてしまうでしょう。

セックスに必要以上の意味を見出すことへのこだわりを捨てよ

セックスには本質的な意義などありません。個人個人が自分の性的経験に意味を与えることはできますし、それが積み重なれば、その人にとっては意義あるものだと言っていいでしょう。けれど私たちが自発的にそうしない限り、セックス自体にもともと意義があるわけではないのです。この事実は私たちに重い責任を負わせると同時に、大きな力ももたらします。

ほとんどの人たちはセックスを重大に考えすぎています。それも間違った方向に。そしてセックスは難解すぎるなどと愚痴をこぼすのです。もっとも彼らにしてみれば、自縄《じじょう》自縛《じばく》とはいえ事実として難解になっていることに変わりはないのですが。セックスのたびに意義が見出され、その意義に応えなければという思いがプレッシャーや不安につながって、セックスのパフォーマンスに悪影響を及ぼします。

世間やさまざまな研究機関は、セックスにどんな意義があると主張しているのでしょう。次が典型的なものです。

●親密さ

●神から与えられた神聖な行為（ゆえに、うやうやしく行うべき）
●男あるいは女であることの確認
●婚姻などの関係を強化する方法
●愛情の究極の表現
●究極の贈り物
●生命を生み出す行為（受胎を通して）
●愛し合っている者同士がする行為
●欲望の充足

さらに複雑になることを覚悟でつけ加えるならば、次のような考えも一般的です。

●健康な性的欲望は、愛情によって促進される。
●健康で成熟した人々は、相手を性的に独占したいという思いに駆られる。

これほどたくさんの意義をセックスに見出していては複雑きわまりありませんし、実際の経験にはあてはまらないこともしょっちゅうです（誰でも親密さに欠けるセックスや、ふたりの関係がちっとも深まらないセックスをした体験があるでしょう）。先に挙げたような側面がセックスの本質である、あるいはそうあるべきだと信じると、困った事態を招きます。そんな要素が感じられないセックスをしたが最後、自分かパートナーのせいにしてしまうからです。

崇高な目的のためにセックスをすべきではありません。セックスは自分自身のためにするものです。1回1回を新鮮に楽しみ、それぞれのやり方でリフレッシュして、知らない自分を発見するための機会とするべきなのです。

セックスに意義を与えたいなら、それもいいでしょう。でも**人の決めた道徳に縛られない、楽しいセックスをする自由はいつでもあるのだ**と、心に留めておいてください。ウッディ・アレンもこう言っています。

「愛のないセックスは無意味だ。まあ、無意味な経験のなかでは、かなりいいものだけどね」

セックスにどんな意味があり、どんな概念を体現する〝べき〟か、声高に主張する団体もあります。組織だった体系を持つ宗教のほとんどは、積極的にセックスを制限しコントロールしています。たとえばアメリカのキリスト教会は、禁欲トレーニング（性教育）、猥褻《わいせつ》を取り締まる法律、薬剤師が自らの信条に反する医薬品の販売を拒むことのできる〝良心条項〟といった形でセックスに関する基準を政治的に制度化しています。**セックスの意味や目的が分かっていると主張する人には気をつけましょう。**彼らはセックスを正しい方向に導くという名目で、あなたをコントロールしようとしているのです。

セックスは一期一会、そのときどきで新たに生まれる意味しか持たないというセックス・センスの考え方に従うと、さまざまな性的感覚や意義を経験できます。しかし、この考え方に従わない場合、こうした感覚や意義の多くに気づかないか、あるいはもっと悪いことに不快と感じて受け入れるのを拒否します。これは「耳の不自由な人たちには、踊っている人たちは頭がおかしいとしか見えない」というニーチェの言葉を思い起こさせます。あなたとパートナーには、自分たちだけに聞こえる音楽に合わせ、自分たちなりのダンスを踊る特権があるのです。

最後に、セックスには本質的な意義があり、それを尊重しなかった場合、倫理を踏みはずすことになると心配する人たちがいます。何らかの宗教を信仰している人に多く見られる考え方です。彼らは、人間が倫理的に行動するのは宗教のおかげだと信じており、信仰がなければ人は正しい振る舞いができないと思っています。人間の可能性についてあまりに悲観的な考え方ではないでしょうか。死後の見返りや罰を受ける恐れがなければ、人間には善行など期待できないというのですから。

アメとムチで行動をコントロールされるなんて、５歳児ではありませんか。大人はもっとましな振る舞いができるはずです。

ですから、セックスには本質的な意義があるなどという考えは捨てましょう。

第８章

新しい焦点、
新しいアプローチ
セックス・センスを身につける

Chapter 8

New Focus, New Approach
Developing Your Sex Senses

自分のセックスが常に最高だと相手に思われたい。

――恋愛依存症男

　ディノは並はずれてほがらかな男性でした。私のところに初めて来たときも、遅刻したのにご機嫌、自分では解決できない問題を抱えているのにご機嫌、診察代を払うのもご機嫌です（すごく高いのに！）。「これまでにもふたりのセラピストにお世話になったんですけど、ちっともよくならなくて。だから先生でもダメかもしれないな」と言いながらもご機嫌でした。

　こんなふうにすべてにご機嫌だと、私のほうがだんだんイライラしてきました。朝早い時間だったせいもあります（私は夜型なので）。でもこんなふうに、何にでもご機嫌なのがそもそも問題だと決めつける前に、もうちょっと探ってみようと考えました。患者さんに対しては、〝疑わしきは罰せず〟の姿勢で接しなければなりません。

ディノは自分の症状を、ご機嫌に並べ立てました。

「すぐに女性を好きになっちゃうんですよ。困っている女性を助けてあげるのが好きなんで。だからすぐに利用されて、どっと落ちこむんです」

しかし自分でそうと分かっているのなら、なぜ同じ失敗を繰り返すのでしょう。

「やめられないんですよ。なぜか繰り返してしまう。はたで『やめろ、ディノ』と警告する自分もいるのに、結局ダメなんです。〝恋愛依存症〟ってやつですかね」

ディノをこんな繰り返しに駆り立てる原因は４つありました。ひとつ目は彼の過去。のちのセラピーで分かったのですが、彼は子供の頃、アルコール依存症の父親から母親を救い出せませんでした。だから大人になった今、女性を救って、無意識に過去の〝失敗〟の埋め合わせをしようとしているのでしょう。ふたつ目は彼の自己評価の低さ。困っている女性とばかりつき合うはめになることを、彼は何度も茶化して口にしました。

「だって、そんな女性じゃなきゃ、僕とつき合ってくれるはずがないでしょ」

３つ目は、彼が女性との性的関係をあまりにもロマンチックにとらえすぎること。「ソ

ウルメイト」「唯一の女性」「心と心でつながっている」「結ばれる運命だった」といった表現を、彼は頻繁に口にしました。こんな思考回路では、トラブルを招いているようなものです。**私たちは恋に恋してしまうことがあります。**〝誰か〟と〝つき合っている〟というイメージに夢中になり、生身の人間との現実の体験なのだと気づかないのです。こうした場合、関係がとっくに破綻していても、本人はなかなかそのことを認めようとしません。

そして最後の４つ目ですが、ディノは女性とセックスをしたら、相手にこれまでで最高の恋人だと認められなければ気がすみませんでした。この恐ろしく高い目標を達成できないと彼は失望し、打ちのめされ、自己嫌悪に陥りました。相手とうまくいかなくなり、終わりが予感できたとき、まだこの〝お墨つき〟をもらっていないと、一刻も早く最高だと認めてもらおうと、前にも増して努力します。そうやって相手との関係にしがみつくのです。怒りに任せてひどい言葉をぶつけ合ったり何日も連絡を絶ったりと、関係が悪化すればするほど、相手に認められようと必死で努力する。別れた後、最高の恋人だったと言ってもらえないかもしれないと思うと耐えられなかったのです。

ディノはこうした考え方を変える必要があることは認めましたが、実行はできませんでした。セックス観や女性との関係のとらえ方は、彼にとって譲れない一線だったのです。

「できません」と彼は言いました。

「セックスや愛についてロマンチックに考えないなんて。最高の恋人になれないことを受け入れるのも無理です。そういう部分で自分を変えたら、僕は僕でなくなってしまう。先生にどんなに言われても、絶対に譲れません」

私たちは行き詰まってしまいました。明らかに問題の核心は、彼の「セックス観」です。それなのに彼は、考え方を変えるどころか、話し合う余地もないと言うのです。〝最高の恋人〟になるというロマンチックな考え方を手離すとすべてが変わってしまう、と彼は本能的に恐れていたのです。その点についてはあなたが正しい、と私は認めました。考え方を変えれば彼は簡単に女性を好きにならなくなるかもしれない。自信過剰もおさまり、もっと内省的になるかもしれない。過剰な陽気さが落ち着くかもしれない。そしてもっと大人になれるかもしれない、と。

ディノは次のことを頭では分かっていました。

●子供の頃、母親を父親から救ってあげられなかった。
●だから今、困っている女性に会うと助けたくなる。
●女性とのそんな関係を非常に親密だと認識して、時間と金と精力を注ぎ込む。その結果、失望を味わい、欲求不満を感じて、自分を責める。

女性を前にすると、なぜ感情をコントロールできなくなってしまうのでしょう？　それは彼が、自分でも認めたくない〝感情的な欠落〟をどうにか埋めたいと望んでいたからです。セックスとロマンスを使って、本来セックスとは関係のない何かを癒そうとしていたのです。

「世界中の女性を救いたい」という壮大な計画をあきらめたらどうなるか、私たちは何カ月にもわたって繰り返し話し合いました。最初まじめに取り合わないこともあった彼でしたが、自分を価値のない、恥ずべき人間だと卑下していることに何度も触れると、それがどれほど重大な問題か悟り始めました。私は彼に心から同情しました。**お母さんを助けたいと思わない男の子はいません。それができないというのは、とてもつらいものなのです。**

「でも、その状況でお母さんを助けられる男の子なんていませんよ」と私は言いました。

「じゃあ、僕は失敗したわけじゃないんですか？　お母さんには本当に助けが必要だったのに」。涙を浮かべて彼は訊きました。

「確かに助けは必要だったでしょう。でも子供には助けられません。あなたはきっと、できる限りのことをしたと思いますよ」

心の壁についにひびが入り、彼は泣き出しました。何十年ものあいだ自分を恥じ、憎み、絶望的な孤独のなかで過ごしてきた思いが、一気に彼に襲いかかったのです。

「もうクタクタです。休んでもいいでしょうか？　しばらくは、もう女性を助けたくありません」

もちろんそうしていいんだと言ってあげたい気持ちに駆られました。でも、代わりにこう言いました。

「ディノ、休みたいのなら自分でそう決めればいいんですよ。すべての女性を救うという計画そのものをやめると決めたってかまいません」

「いいんですか？」

「私に訊く必要はありません。あなたがどう決めても、サポートしますから」

「やめたい。もうやめます。終わりにする！」

半ばヤケになったように、彼はそう宣言しました。

決心したものの、実際にそれが意味することと彼が折り合いをつけるのには、数カ月かかりました。彼はまた、望むような評価を得られないまま恋人との関係にケリをつけなくてはなりませんでした。

「落ちこむだけで何もしなくていいんですか？」

「ええ」。私は微笑みました。

「その女性との関係がうまくいかなかったことや、愛情を返してもらえなかったこと、努力が報われなかったことをただ残念に思えばいいんです。何もする必要はありません」

「いいような悪いような感じですね」と彼は言いましたが、実に的を射た意見でした。

セックス・センスを身につけるための実践的なアプローチを、いくつか見てみましょう。

コミュニケーション能力を高める、注意深くなる、〝セクシー〟という言葉を再定義するといった能力です。

自分にとって譲れない条件とは何か？

あなたにとって、よいセックスの条件は？　どうすればいいセックスになるか知っていますか？　条件が満たされなくてもセックスをすることは、どれくらいありますか？

バーニー・ジルバーゲルド博士は、１９７８年に出版した著書『Male Sexuality：男の性』（現在は『The New Male Sexuality：新・男の性』が出版されている）のなかで、セックスを楽しむための、その人なりの条件は誰にでもあると述べています。

そういった条件は、自分自身に関する条件、環境に関する条件、そしてパートナーに関する条件の３つのカテゴリーに分けられると私は考えています。次に例を挙げましょう。

●自分自身に関する条件：自分が清潔だと感じられる。差し迫った仕事がない。
●環境に関する条件：プライバシーが保たれた、優しい照明のロマンチックな部屋がいい。

●パートナーに関する条件：「愛している」と言ってほしい。クラクラするほど魅力的であってほしい。

多くの人に共通する条件は、その文化における理想を反映しています。たとえば、誰かに聞こえていると思うとセックスを楽しめない人たちがいます。そういう人たちは、子供が留守のときしか自宅で愛し合えません。壁の薄いホテルもダメです。また男性がリードしないとセックスを楽しめない人や、男性が経済的に勝者でないと嫌という人もいます。もっと変わった条件もあります。女性がハイヒールやランジェリーを身につけていないと燃えない、などです。完全な沈黙や、逆に絶え間ないおしゃべりを求める人もいます。見られるかもしれないと思うと燃える人も。こうした条件が満たされないと、彼らにとってセックスは退屈だったり、恐怖に満ちた行為となったりしてしまうのです。

自分には何があればセックスを楽しめるか、把握し理解するのは誰にとっても大切です。さもないと、自分の条件が自らの価値観に反しないかどうか、求める人を惹きつけ望みどおりの体験につながるかどうか、あまりにもマニアックで満たされる可能性が薄いのではなかろうか――など、諸々の問題を自分で解決できなくなるからです。

ではどうやって、あなたとパートナーの条件を両立させればいいのでしょうか。もしあなたが時間をかけて相手をよく知りたいタイプなのに相手は衝動的で無口なタイプだったら、両者が心地よく過ごすのは難しいでしょう。同様に、もしあなたが淫らな会話を好むのに相手は優しげな外見と言葉づかいが好きならば、折り合う環境を築くのは至難の業かもしれません。

残念ながら、このような状況に陥ったカップルの多くは、どちらが〝正しい〟か〝理不尽〟か、〝お堅い〟か〝異常〟かを、言い争うことになります。これではとうていコミュニケーションとは呼べません。

本来、言い争う代わりに失望や苦悩や自己批判を分かち合わなくてはならないのです。どちらの条件も間違っているわけではないと双方が納得して初めて、ふたりとも満足できるやり方を模索する作業に入れます。交代でお互いの条件を満たすことにしてもいいし、自分の条件を新たな視点で見直すといった手もあります。たとえばプライバシーが問題なら、音楽をかけるとかセックスのあいだ目隠しをするなどして、隔絶した感覚を保てます。同じように、清潔な体でセックスに臨むことに神経質なほどこだわるより、あなたの体のにおいをどう思うか、パートナーに正直に言ってもらうほうが建設的です。また、濡らしたタオルでパートナーに性器をぬぐってもらうというのも、清潔へのこだわりを満足させつつムードを高めて一石二鳥かもしれません。

ありのままの自分の体を知る

幼い子供でもなければ、完璧な体や顔なんてありえません。シンディ・クロフォードでさえ「私だって、起き抜けはシンディ・クロフォードに見えないのよ」と言っています。あなたは何年生きていますか？　20年、30年、それとも50年？　地球上では、2、3年も経つとどんなものでも劣化してきます。私たちの肉体も例外ではありません。そしてだんだん独自性を帯びてくるのです。たとえばあなたのホンダの前輪は右ではなく左に曲がるときにキーッと音をたてるとか、低速では大丈夫なのに高速で使うと中身が漏れるミキサーを使っているとかといったことです。こんなとき、修理するよりもそのままの状態で使いこなす方法を探すほうが都合のいいことがあります。

あなたが若い頃、酔いに任せてセックスに突入するタイプだったなら、今セックスに臨む体の状態は、以前とはまったく違っているはずです（今も酔ってセックスになだれこんでいるというなら話は別です。でも、もっと賢くなっているはずですよね？）。また、10年前と同じスタミナと筋力を保っているのでなければ、セックスのバリエーションは昔と比べて少なくなっているはずです。つまり、**セックスだけ経年劣化を免れられるわけはないのです。**あなたの心臓や血管にとっては、エアロバイクのような単なる運動もセックスも一緒なのです。

昔はセックスのパートナーを次々と変えたけれど、今はひとりに絞っているというのなら、体の反応は当時と違うでしょう。たとえば、今は欲望をゆっくりと念入りに高めていかなければならないはずです。もしあなたが、征服感に歓びを見出すタイプなら、決まったパートナーを相手に十分な興奮を得るためには、新しい体位や大人のオモチャ、ゲーム的プレイなどで目先を変えなければなりません。またポルノをしょっちゅう見る人やいつもバイブレーターを使っている人は、そうしたことが体の反応に影響します。

もし何かの体位で以前には感じなかった痛みを覚えるのなら、素直にそれを認めて違う方法を模索しなければなりません。以前は歓びをもたらしてくれた行為に今は痛みしか感じられないのなら、変化の時期なのです。喪失感に耐える心の強さも必要となります。変化を認められないと、スキーで難しい斜面に挑み続けてけがをしたり、難しい体位で腰を痛めたりして、結局は病院の世話になるはめになります。また変化を避ける姿勢は、欲望が減退する原因にもなります。痛みを覚えることを認めまいとして、無意識に体がセックスを避けようとするからです。

あなたの体はセックスのとき本当はどう感じているか

前項の続きで、今度はあなたの体がセックスのとき実際にはどう感じているのか考えてみましょう。あなたの推測や主観的な考えに左右されない、ありのままの感覚です。人間の肉体は性的な体験のたびに、たくさんの感覚器官を働かせますが、そうして得た膨大な情報の多くが結局使われなかったり、誤って解釈されたり、無視されたりしています。

多くの人たちにとって、セックスの最中に経験を客観的に把握するのは、実はそう簡単ではありません。ある行動を繰り返し行うと習慣となり、詳細を意識することがなくなるからです。当然と言えば当然で、たとえば歯を磨くとかシャツのボタンを留めるといった動作に毎回全神経を集中していたら、他に何もできなくなってしまうでしょう。

また心配事があるときはそればかりが気になって、セックスの感覚を堪能するどころではないでしょう。すでに見てきたように、セックスの最中に自分の外見やにおいや音が気になったり、体を機能させようと躍起になったり、心身の痛みを無視したり、パートナーがどう感じているか推し測ろうとしたりといったことに、私たちはしばしば気を取られがちです。そんなことに囚われていては、体の各部の感覚を把握し、わずかな刺激の変化を感じ取るのはどうにも困難になります。

状況を置き換えてみると分かりやすいかもしれません。たとえばレストランで大切な仕事の面接を受けていたら、食べたものの味なんてほとんど分からないでしょう。一般的に気が散っていると、新たなものを経験したり楽しんだりする能力が低下します。

次がその例です。

●興奮を高めるために何らかの空想にふけっていると、実際に肉体が感じるものを逐一味わえない。

●特定の行為に偏見を持っていると（フェラチオは売春婦が行うもの、乳首への刺激を歓ぶのはゲイだけ、ヴァギナに指を挿入するのは不感症の女を相手にするときや男が無能なときだけ、など）そうした行為を避け、たとえ行ったとしても、素直にその感覚を味わえない。

●雑念を追い払ってセックスに臨まないと、行為に集中できない。片づけなければならない用事や仕事、来週のスケジュールが頭にちらついていては難しい。

おそらくあなたは、「どうしてセックスのときに感覚を集中させなきゃならないんだ。

若い頃は何も考えなくてもよかったのに」と思っていることでしょう。

確かに昔はそうだったかもしれません。でもあなたは年を重ね、以前より成熟した、洗練されたと呼んでもいいセックスを求めるようになっているのではありませんか？　シラフで愛し合うようになると、最初の１、２年は実際の感覚を注意深く味わう能力が飛躍的に向上するはずです。正しいセックスの仕方を学ぶのは、芸術を究めていくようなものです。生まれつきやり方を知っている人はいませんし、私たちの文化はそのようなことを学ぶのを良しとしていません。

セックスの際、感覚を集中させることに抵抗がある人がいるというのは、興味深い事実です。彼らは目をつぶったり、がんばりすぎて感覚を味わうどころではなかったり、自分自身の不快な部分を発見するのを恐れたり、あまりにも圧倒されたり疎外感を感じたりします。その結果、オーガズムの後、相手に寄り添って性的に触れ続けることができないのです。

またスマートフォンなどの登場により、ひとつのことに集中しにくくなっているのも、新たな問題です。

複数の事柄を同時に処理するマルチタスキングを、ほとんどの人は無害どころか現代社会を生き抜くうえで必須の資質だと考えています。服を着たりキッチンカウンターを拭いたりといった日常の単純な動作では、マルチタスキングは行動を抑制するのに役立つという調査結果があります。けれどももっと複雑な行動については、複数の動作を同時に行うのは百害あって一利なしです。影響を受けるのは、創造性および人との親密な結びつきです。セックスは、ふたつのうち少なくともひとつを備えているべきだと思いませんか？その場合、マルチタスキングとセックスは相容れないのです。

人と話しているときに電話に出たりメールのやり取りを始めたりしても何の問題もないと、多くの若者は考えています。これが人と人とのつながりを邪魔するものだとまでは言いきれない人も、つながりの質が変わったことには同意するでしょう。同時にこのような習慣は、セックスも含めた人との親密な交わりに対して人々の抱く期待を確実に変えてしまいます。

“セクシー”を定義し直す

嘘か本当か分かりませんが、スペインの熟練の闘牛士ドン・ホセにまつわるこんな逸話があります。

ドン・ホセの絶頂期、何人かの記者で彼にインタビューをすることになりました。記者たちがマドリード郊外にある彼の邸宅に着くと、キッチンでは彼がフリルのついたエプロン姿で洗い物をしていました。

「今日はメイドが休みなんでね」とドン・ホセ。「もうすぐ終わるよ」

記者たちは居心地悪げに目を見交わしました。

「美しいお宅ですね。お目にかかれて光栄です。でもびっくりしました。あなたは国の英雄です。勇気と卓越した技を持ち、スペイン中の男女にとって男らしさのシンボルのような方です。それなのに、フリルのついたピンクのエプロンを着けていらっしゃる。しかも、とても繊細で女らしいものを」

「女らしい？」彼の黒い瞳がきらめきます。

「私は全国民に男らしさの象徴と崇められている。私がすることは、すべて男らしい。私がフリルのエプロンをつければ、それが男らしさに変わるのだ」

ドン・ホセにそう言いきれるのなら、あなたにだってできるはずです。**何が男らしいか、女らしいか、セクシーかは、あなたが決めればいいことなのです。**

セクシー、女らしい、〝いいセックス〟〝いい恋人〟といったイメージをあまりに狭くとらえるのは大きな間違いです。ありのままのあなたを除外するような定義に固執するのはセックス・センスに反する行為で、性的満足の大きな妨げとなります。車やスニーカーの新製品を宣伝すると考えてください。顧客に、「完璧ではないのですが」と言い訳をするでしょうか？　それとも「これこそ完璧の定義を変えるものだ」とうたいますか？「お気に召せば幸いですが」と「信じてください。これこそお客様の求めているものです」とでは、どちらを宣伝文句に選びますか？

「でもずっと抱いてきたセクシーとか男らしさのイメージを、今さら変えられない」という人は、変えなくてもかまいません。イメージの幅をもっと広げましょう。レディ・ガガも自分もセクシー、レブロン・ジェームズ（※アメリカのプロバスケットボール選手）も自分も男らしいというように。どんなカテゴリーを作ってもかまいません。あなたが自分でその定義を決める限りは。

ベッドでコミュニケーションを図るにあたって、すべきことと、すべきでないこと

●パートナーに、自分の好きな（あるいは好きと思っている）行為をしてくれるよう頼む（もちろん性的な行為。こんなときにアンチウイルスソフトのインストールを手伝ってくれと頼むのは無粋）。

●してほしくないことより、してほしいことを伝える。たとえば、「早すぎるわ」ではなく「もっとゆっくりやって」と言う。

●「それはやめて」と言うときには、「代わりにこれをして」とつけ加える。

●セックスについて話すときには明るくフレンドリーに（ただし今にもイキそうなときには、その限りではない。その場合、丁重にものを頼む余裕がなくても許される）。

●本当にまずいことが起こったのでなければ（コンドームが破れたとか、パートナーが感じているふりをしていたとか）、深刻な話は行為の後に先送りする。

●「あなたのことを想っている」と分かってもらうためには、目を見つめるのがいちば

ん。セックスの最中にときどきパートナーを見つめるようにすること。何か話しかけるときや相手の言葉を聞いているときは、特に。「待って。もうちょっと後でお願い」と言うときだけでなく「ああ、すごくいい」と言うときも。

●「二度とそんなことはしないで！」とか「何度言えば分かるんだい？」といったセリフは、終わってから言うようにする。何時間かあるいは何日か置いてから。できれば言わないほうがいい。

●パートナーの手を取り、（脚や髪や尻や鼻などに）どんなふうに触れてほしいか誘導する。「こんなふうにして」とセクシーにささやきながらするのがいい。

●「前のパートナーはもっと上手かった」などとは絶対に言わない。

●「こんなテク、どこで覚えたの？」とか「誰に教わったんだ？」と訊くのはタブー。

●気持ち良かったら、はっきりそう言うこと。

●すごく気持ち良かったら、何度もそう言うこと。

●けっして、何があっても感じているふりをしないこと。

●「どうしてそんなことをしたの？」ではなく「それはやめて」とだけ言う。

●パートナーが「愛してる」と言ってきても、即同じ言葉を返す必要はない。笑顔を返すか、「うれしい」とだけ言えばいい。心にもない「愛してる」は絶対に言わないこと。

セックスに関してコミュニケーションを図るのに、ベッドではないほうがいい場合もあります。そんなときに言うべきこと、話し合うべきことの例を挙げます。

〜日常生活でセックスについてコミュニケーションを図る場合のヒント〜

●特定の言葉やしぐさや表情が何を意味しているのか訊く。
●パートナーにどんなことが好きか訊く。あるいは何か好きなことがあるか訊く。
●体の各部分について、正しい名称を使う。
●話すときには、触れられるくらいそばに座る。そして話しながら相手に触れる。
●話し合って〝セーフワード〟を決める。たとえば〝恐竜〟のように、セックスの最中には普通使わないような言葉で、それを言ったら、〝今すぐ本気でやめてほしいと思っている〟という意味。いったんセーフワードを決めたら、ふざけて使ったりしない。

●方針を話し合う。「申し訳ないけど、この先もXがしたくなることはないから、私に頼んだり勝手にやろうとしたりしないで」というように。

●つい最近のセックスで相手の気持ちに確信を持てない部分があったとしたら、きちんと確認しておく。たとえば、「今はしないで」なのか「金輪際しないで」のどちらなのか尋ねる。

●避妊方法について、何を使って、いつ、どんなふうに行うのか確認しておく。避妊はきちんと行ったという事実がすべて。やろうと頑張っている、忘れずにやろうとしてはいる、やったほうがいいと思っている、では意味がない。

●セックスを行うにあたってのあらゆること（室温、行為中の飲酒、ベッドでくつ下をはくこと、卑猥な言葉を使うこと、ドアへの施錠など）について、パートナーと意見のすりあわせをしておく。

●現在の体の状態を、一時的なものも永続的なものも、正直にパートナーに伝える。

たとえば腰の痛み、うまく手を握れないこと、ぜんそくなど。必要なら、利き手がどちらかを伝える（手淫を行うときの体の位置に影響するため）。また、体の柔らかい部分や屈強な部分を相手に教える。たとえば股関節の柔軟性や腕の強さは、四つん這いの体勢に関係してくる。

●自分が好まない行為について、主観的な意見を述べない（変態っぽい、異常だ、ロマンチックじゃないなど）。その行為や相手を批判して、興味がないことを正当化する必要はない。

●Amazon のウェブページで行われているように、「あなたはXが好きだから、もしかするとYも好きなんじゃない？」と訊けばいい。

●「ねえ、私たちも、いつかベッドでXを試してみたくない？」と訊く。

●「ふたりの関係がこじれたら、きっとセックスしたくなくなると思う」と伝える。ただし、「こじれたほうが、もっと燃えると思う」という変わった人は別。

あなたが私とは違った言い方をしても、すべきことと、すべきでないことについて、異なった見解を持っていてもかまいません。曖昧な部分をなくし、ふたりの距離を縮めるという目的さえ同じなら大丈夫です。ランチを一緒に取りながら、あるいは酒を飲みながら、友人が打ち明け話をしてくることがあります。あまりにも細かい部分まで聞かされ、「そこまで言うか」と思ったりします。でも、**セックスに関しては〝そこまで言うか〟はありません。あなたがちゃんと自分を律している限り、話さないより話すほうがずっといいのです。**

自分なりの条件やイメージや体験自体に注意を払うようにすれば、コミュニケーションはセックス・センスを身につけていくために最適な手段のひとつなのです。

第9章

避けられない事態を受け入れる

健康上の問題および老化に伴う問題

Chapter 9

Embracing the Inevitable

Health and Aging Challenges

妊娠をきっかけにセックス恐怖症になった。

——30代、神経質な妻

ケリーは妊娠してワクワクしていました。普段からテニスクラブで本格的に運動していたので体の状態は良好、楽に妊娠期間を過ごせるだろうと医師も太鼓判を押しました。ところが1週間後、つわりが始まりました。体重も増え、ケリーは世界中を憎むようになったのです。夫のヘクターは文句も言わず、セックスを控えることに同意しました（それまでは週に2回の頻度でした）。いつまでも続くわけじゃないし、どう見ても妻は気分が悪そうだと自分を納得させたのです。それにこんな状態の彼女とセックスをしても、あまり楽しくないだろうとも考えました。

3カ月後、ホルモンの状態が落ち着き、ケリーのつわりはおさまりました。お腹が大きくなるにつれて元の彼女に戻り、前のように気持ちよく周囲に接するようになりました。態度が変わらないのは夫に対してだけで、とりわけセックスを嫌がり、息を嗅ぐと気持ち悪くなると言ってキスすらしたがりませんでした。

それでもヘクターは、妊娠した妻をからかったりバカにしたり拒んだりする夫たちとは違って、愛情深い態度を失いませんでした。君は本当に魅力的だ、欲しくてたまらないと言い続けたのです。

そのあいだにも、彼女のお腹はどんどん大きくなっていきました。ケリーはそれが我慢ならなかったのです。あれこれと理由をつけて彼女は彼と距離を置き、やがて言い訳をするようになりました。当然の結果として喧嘩が起こると、彼女はこんな状態の自分を魅力的だと言うなんて嘘つきだと夫を責めたのです。彼は驚いて、本当に美しいと思っていると訴えました。彼女は耳を貸そうともしません。

「何カ月も禁欲しているから、どうしてもセックスをしたいだけでしょ！」

彼がいくら否定しても、ますます怒るだけでした。何週間もの不毛な言い合いの末、私のもとへやってきた彼女はこう言いました。

「本当は彼も、私を欲しがってなんかいません。機嫌をとろうとしているだけなんですよ。彼の考えていることなんてお見通しです。騙されるほどバカじゃありませんから。今の私はまるでクジラですもの」

ヘクターが正直になって、自分を拒否しても平気だとケリーは主張します。でも嘘をつかれるのは我慢ならないと言うのです。機嫌をとろうとしているのが〝見え見え〟だから、と。ヘクターは途方に暮れ、傷つきました。何カ月も妻と心を通わせようとしてもうまくいかず、次第に距離を置くようになりました。状況はどんどん悪化していくようでした。

一方、私はカレンダーとにらめっこしていました。ケリーの出産予定日まであと11週間。赤ちゃんが生まれたら、ふたりの生活はがらりと変わってしまうでしょう。そんな時期に結婚生活を立て直すのは無理なので、出産前にできるだけふたりの関係を修復したかったのです。彼らよりも私のほうが焦っていました。セラピーに焦りは禁物なのですが。

どうすればケリーに、ヘクターは嘘をついていないかもしれないと気づいてもらえるでしょう。醜いと思っているのは彼女自身で、その気持ちを彼に投影しているだけなのだと。

「ケリー、彼が本当のことを言っているのだとしたらどうしますか？」と私は訊きました。するとと彼女は怒ったように答えました。

「それは彼がもう外見が気にならないほど私に興味を失っているか、前からたいして好きでもなくて私をよく見ていなかったか、どちらかということですね。どっちも最悪です。それからもうひとつ、これは全部私の思い込みで、私の頭がおかしいという可能性もあります。どれがマシなのか、とても選べません」

最初のふたつは、まったくの見当違い。ケリーは、今の自分に対する嫌悪感を彼に投影している、というのが正解です。彼女はずっと自分の体を、外見というより運動能力や優美さ、猫のようなしなやかさといった観点で高く評価していました。これら自慢の部分を失って、二度と取り戻せないかもしれないと怖くなりました。けれどそんなふうに考えるのは自分勝手じゃないかとも感じ、そもそも妊娠しなければよかったのかもしれないと後悔する、堂々巡りを繰り返していたのです。

あるとき彼女が突然、「妊娠中にセックスをしても、大丈夫なんですか？」と訊いてきました。彼女は自分が、完全に性的な存在でなくなることも恐れていたのです。それも彼女の評価の大切な部分だったからです。産科の先生は何と言っているのかと、私は尋ねました。「先生は大丈夫だと言っていましたが、どうも信用しきれなくて。女性の先生なんですが、一度も経験がなさそうなんですもの。でもヘクターと私は、つまりその、ふたりとも普段から体を鍛えているので……」。彼は笑い出し、彼女も恥ずかしげに笑みを浮かべました。とても可愛らしい笑みを。

「あなたは今だけじゃなく、出産後もセックスをしていいんですよ」

「でも、セックスを再開できるまで1年か2年はかかると聞いています。もちろん、そんなの嫌です。それに夫は、そのあいだどうすればいいんですか？」

もし1年間ダメだったとしても、ふたりの関係はびくともしない、と私は彼女を励ましました（そんなにかかることはまずないと答えるより、こう言ったほうが彼女のためだと思ったのです）。ヘクターはいくつか冗談を言いましたが、どれも〝君を待つ〟という心のこもったものでした。

ケリーは今の自分の体に、夫がまるで惹かれていないのではないかと不安でした。それだけでなく、この先も醜いままで、二度と夫に魅力を感じてもらえないのではないか、昔の体型に戻っても夫の心には醜い今の姿が焼きついていて、二度と欲望を覚えないのではないかと心配だったのです。

「君はちっとも分かってない。もううんざりだ！」

いつもは物静かなヘクターが、あるときとうとう言い放ちました。彼がこんな言い方をしたのは初めてです。

「君は今の自分の姿が受け入れられない。それにこの先ずっと僕が君を醜いと思い続けると心配している。本当にバカバカしいよ。将来の僕の気持ちまで正確に分かると主張しているんだから。まったく見当違いなのに。必要なら、妊娠しているあいだずっとセックスなしでもかまわない。嫌じゃないとは言わないけど、我慢できる。だけど赤ん坊が生まれたらセックスを再開するし、そのときは前と変わらず素晴らしいはずだ。そうだろう？」

彼女は答えませんでした。

「答えてくれ。違うのか？」

彼は救いを求めるように私のほうを見ました。

「前と同じようになんてならないわ」

とうとう彼女は、絶望をにじませながら静かに言いました。

「あなたはセクシーなまま変わらない。だから出産後、きっと私はまたあなたが欲しくてたまらなくなる。他の女性たちもきっとそう。でも私はすっかり醜い姿になってしまった。あなたが私を欲しくなることなんて、二度とないわ。こんな姿、自分でも嫌でたまらない。負け犬くらいしかこんな私を魅力的と思わないはずよ」

「あなたの言うとおりです」

私がケリーに賛成すると、ヘクターはあっけにとられていました。

「前と同じにはけっしてなりませんよ。要は、あなた方ふたりが前とは違う新しいやり方で、セックスを素晴らしいものにしていけるかどうかなんです。ケリー、あなたは、ヘクターのあなたへの性的関心が、とても薄っぺらなものだと思っているようですね。それなら将来を悲観するのも無理はありません。でも人の言葉に耳を傾ければ、あなたの知らなかったヘクターを発見できるかもしれませんよ」

心配事に頭を占領されていたケリーには、ヘクターが完璧なボディライン以外の理由でも自分を求めているとは露ほども考える余裕がなかったのです。

「ヘクターは体だけでなく、いろいろな意味であなたを求め魅力的だと感じている、そう想像してみてください。人が性的関係を結ぶとき、そこに見出す意味や方法は人それぞれです。そのことさえ受け入れられたら、後は簡単に解決できます。ヘクターは頑固者で、あなたに対して単純な欲望しか持てないと言い張っていますが、それはあなたの想像にすぎません。あなたがどんなに自分の体を気にしていて悲観的になっても、幸いヘクターはあなたへの想いと欲望で結婚を維持するでしょう。彼があなたを求める気持ちは、重力のようなものです。たとえあなたが信じられなくても、常に存在しています。それを否定し続けるなんて、彼の気持ちを踏みにじるようなものですよ」

「無条件に彼を信頼しなさいというのね」

ケリーはおずおずと言いました。

「そうですね。今はそうする気にはなれないかもしれませんね」

ケリーは私の意図に気づきました。

「まるで、私の選択のような言い方ですね」

「ええ、信頼するという選択が出発点です。そこに立てたら、実現していく方法を一緒に考えましょう」

ケリーは完全には納得しませんでした。でも、ジレンマを脱する道があるかもしれないということには気づいたのです。とりあえずはそれで十分です。後はまた次のセラピーで考えればいいのですから。

私たちの多くは〝性的な存在〟としての自分の基準を、若く健康な時代に置きます。でも現実には、最盛期の体はせいぜい2、3年、長くて10年から20年しか保てません。ですから**肉体が変化してもセックスを楽しみ続けたいのなら、基準を修正しなくてはならないのです。**

これが分かっていないと自分の魅力やセクシーさに疑問を抱くようになり、性欲を維持できなくなります。また、自分と同年代のパートナーに対し、魅力的だと感じたり性的対象として欲望を覚えたりできなくなります。

老化や健康上の問題は、セックスに非常に大きな影響を及ぼします。薬の副作用、妊娠中および産後のセックス、避妊が性感に及ぼす影響、持久力の減退あるいは柔軟性の喪失、閉経、慢性的な痛み、身体機能（性的欲望や性器の潤い、勃起、オーガズムなど）の望まぬ変化などです。

若い頃の体を基準にしていると、35歳以上の人たちの多くは繰り返し〝失敗〟します。年齢を重ねた体と心で新しい境地を切り開いて楽しむのではなく、今の自分と昔の自分の比較にばかり囚われてしまう人が大勢いるのです。

35歳を過ぎてセックスの満足感を高めていきたいのなら、折り合いをつける必要があります。今のあなたにとっての〝いいセックス〟が、若く健康な人たちのそれと一致することはありえないのですから。あなたやパートナーが健康上の問題を抱えている場合はなおさらです。社会的にはセクシーではないと分類されている自分自身を積極的にセクシーであると定義し直さなくてはなりません。

そうやって初めて、さまざまな実践や技術を通してセックスを豊かにしていけます。自分をセクシーだと思えないまま性生活の改善を図るのは、ｉＰｏｄを聴きながらピアノのレッスンを受けるようなものです。

セックスに影響する典型的な健康上の問題

〝性感帯〟についてはすでに述べたことを思い出してください。性感のある場所を限定する意味合いの概念ですが、実は体のどの場所でも性感を得ることが可能だと述べました。性的〝機能〟と〝機能不全〟という概念も、同様に限定的な意味合いしか持たないと私は考えます。なぜならこれらの言葉は、体の性的反応と非性的反応を人為的に区別するものだからです。目もくらむほどの偏頭痛のせいでロマンチックな週末が台なしになったとしたら、それは勃起不全やヴァギナのかゆみ同様、性的な問題なのです。

そこで健康上および老化に伴う問題について細かく見ていく前に、セックスに影響を及ぼすことの多い健康上の〝非性的〟問題にはどんなものがあるかチェックしてみましょう。……この他にも、相手とうまくやっていったり、お互いに優しくしたり、一緒に過ごしたり、自分たちの体から歓びを得たりするにあたって障害となることは、すべてこの範疇《はんちゅう》に入ります。

「まるで、すべての病気に性的要素があるみたい」と考えたあなた、正解です。

セックスに影響を及ぼすことの多い健康上の“非性的”問題

- □ 不眠
- □ 過敏性腸症候群
- □ 糖尿病
- □ アスペルガー症候群
- □ 関節炎
- □ 肥満
- □ 慢性疲労症候群
- □ ホルモンの不調
- □ 繊維筋痛
- □ 耳鳴り
- □ ぜんそく
- □ 手根管症候群
- □ 偏頭痛
- □ うつ
- □ 高血圧
- □ 認知症
- □ 変性円板疾患
- □ 坐骨神経痛
- □ イースト菌感染症および尿路感染症
- □ 甲状腺機能低下症
- □ 紅斑性狼瘡
- □ シェーグレン症候群

健康上の問題を抱えている人は、どの年代にもいます。ですから、もしあなたがそのような問題に直面しても〝老化した〟ということではありません。ですがここで提示する問題の分析や対処法は、老化によって起こる性的な問題にも同じようにあてはめることができます。

本書ではすでに、健康上および老化に伴って起こる問題を理解し対処していくための、セックス・センスに基づく種々の方策を提示してきました。以下がそれです。

●相手と話す。
●性行為ヒエラルキーに囚われない。
●セックス自体に本質的意義が備わっているのではなく、自分が意義を定めるものだと認識する。
●自分にとっていいセックスの条件は何かを見定め、それをパートナーにきちんと伝える。
●〝自然な〟セックスへのこだわりを捨てる。

では、これらの方策を実際に適用する方法を見ていきましょう。

薬の性的副作用

処方薬のなかには、欲望を減退させたり勃起力を弱めたりオーガズムを阻害したりするなど、性的副作用が見られるものがたくさんあります。代表的なものを挙げます。

- 抗うつ剤
- 利尿剤（高血圧治療用）
- 鎮痛剤
- 抗ヒスタミン剤
- 抗不安薬
- 抗てんかん薬
- 降圧剤

●食欲抑制剤
●経口避妊薬
●がん化学療法（抗がん剤）

直接性的機能に影響を及ぼさない場合でも、セックス自体や性的関係に影響する副作用もあります。以下のような場合です。

●口の中の味が変わる。
●始終喉が渇くようになる。
●眠くなる。
●精神的に不活発になる。
●歯ぎしり、いびき、体の震え。
●アルコールを控えなければならなくなる。
●汗や息のにおいが変わる。

●うつ症状になりやすい。

このような副作用があるとキスやオーラルセックスができなくなったり、パートナーとしての魅力が損なわれたり、自分の体や性的な部分を意識するのが嫌になったり、生活におけるセックスの優先度が下がったりします。

薬を服用する頻度や期間について、患者さんが医師の指示に従わない主な理由のひとつが性的副作用だというのも不思議ではないことがお分かりでしょう（身に覚えのある人は今週にでも医師に予約を取って、投薬計画を見直せないか相談してみましょう）。

残念なことに、医師の多くは薬の処方時にこうした副作用を患者さんに伝えません。薬を調剤、販売する薬剤師も同様です。しかし医療専門家たちは、多くの薬に性的副作用があり、患者さんが服用を怠る原因となっていることを知っているはずです。ですから医師や薬剤師が率先して、性的副作用について患者さんと話し合うべきなのです。残念なことに現状では、医師の側の気おくれや情報の欠如、患者さんの反応への警戒、見当違いの礼儀正しさが、多くの場合妨げとなっています。

あなたがもし、薬の服用によってセックスに支障をきたしているのなら、次のような対処をお勧めします。

●薬剤師に相談する。
●医師に相談する。
●セラピストに相談する。
●パートナーと話し合う。

今一度自分に問いかけてみましょう。薬を飲み始めてからセックスに支障が出るようになってはいませんか？　私たちは薬のプラスの効用にばかり気を取られ、マイナスの効果に対して鈍感になることがあります。

さてこの話題に関連して、快楽目的の麻薬についても少し触れておきます。マリファナ、コカイン、アンフェタミンといったところが一般的ですが、これらの及ぼす性的効果は興味深いものです。使用者の多くは少量なら性欲が増す一方、大量に摂取すると性欲が減退

ストリートドラッグの摂取量が性的反応に及ぼす影響

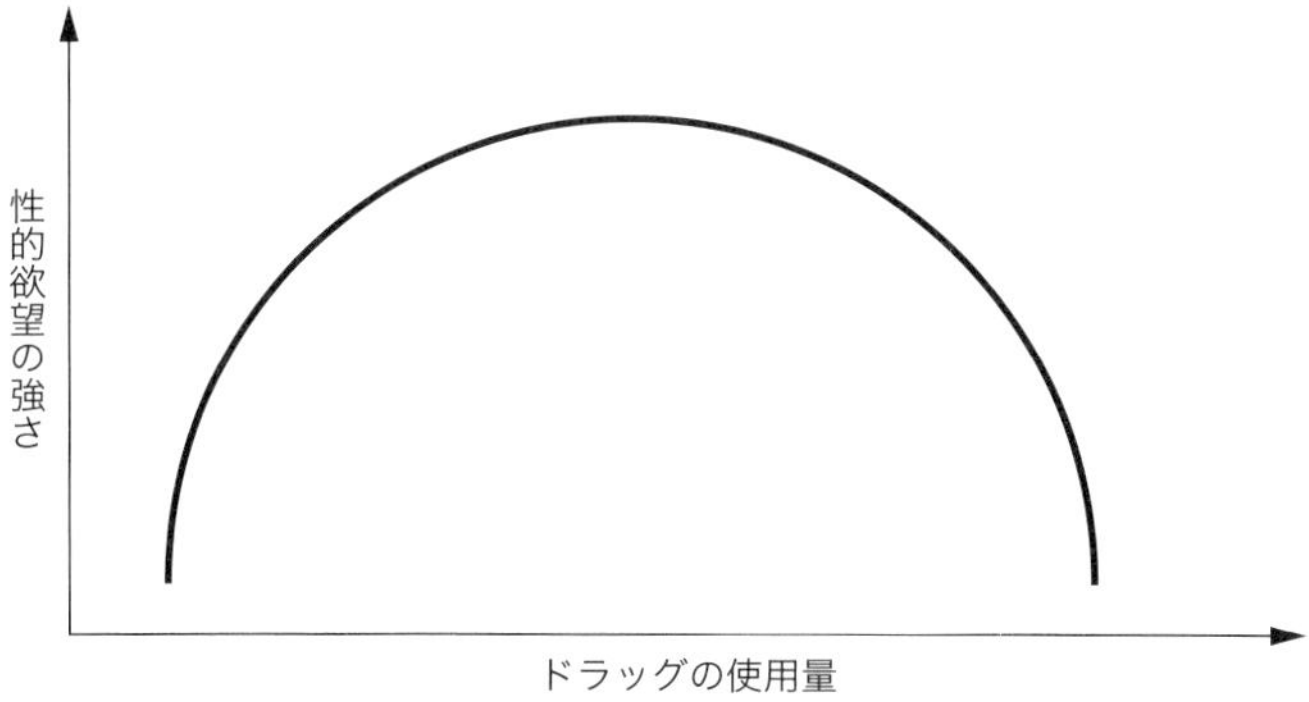

すると述べています。ですから保証はできませんが、少なくともストリートドラッグの場合は、控えめに使えばセックスを楽しめる可能性が増すと言えます。

アルコールがセックスに与える効果

アルコールも薬物の一種であり、人の心と体に及ぼす効果はよく知られています。何千年も昔から、アルコールには脱抑制効果があると言われてきました。飲酒により人はリラックスし、心配事を忘れ、羞恥心が薄れ、より大胆になり、社会的慣習に無頓着になります。つまり普段なら気おくれしてできないようなことをするようになるのです。

しかし一方で、アルコールによって人は反応速度が鈍り、視覚と動作の連動が遅れ、動体視力が低下し、ろれつが回らなくなり、やがて眠気をもよおします。細かい動作が難しくなったりまったく不可能になったりします。ブラジャーのホックをうまくはずせなかったり、コンドームのパッケージをうまく開けられなくなったりするのはこのためです。またアルコールは勃起の継続を困難にし、女性器は濡れにくくなります。

そこで、シェークスピアが『マクベス』で描写しているような葛藤が起こるのです。アルコールは『やる気にさせておいて、やらせない』のです。つまり私たちの自制心を弱める――セックスに関しては多くの人たちが望むこと――けれども、性的行為を〝実行〟する能力を奪います。やりたくても体が思うように動かなくなってしまうのです。

アルコールの脱抑制効果を求める人は大勢いますが（本人への効果だけでなく、パートナーへの効果を求める場合も）、その見返りに体の機能が低下してもいいと考える人はいません。精神的にリラックスしてセックスを楽しめるようになっても、眠くなったり四肢の感覚がなくなったりしては何の意味もありません。

それでは、ほどほどの脱抑制効果とそれなりの体の機能の維持という理想的なバランスは、どこにあるのでしょう。患者さんや学生、同僚に訊いてみたところ、アルコール３杯という答えが多く、５杯という人もいました（まじめに5杯と答えた人は、飲酒経験がないかすごくセックスをしたいかだと思いますが）。人によって許容量は違いますが、ほとんどの場合、ほぼ1杯というのが正解です。なぜなら大多数の人にとって３分の２杯以上の飲酒は、リラックスして陽気になる効果より、体の機能が低下して性的体験が損なわれる悪

アルコールが性的“機能”に与える影響

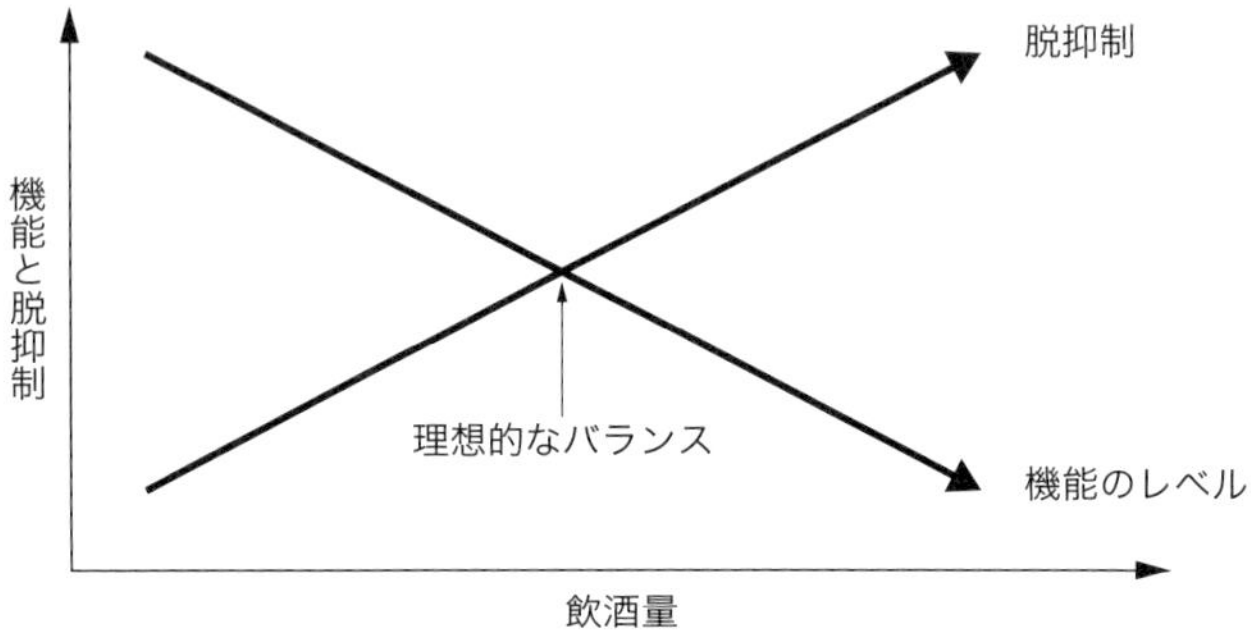

影響のほうが大きくなるからです。

けれどとにかく1杯飲んでしまうと、もっと飲んでもたいした影響はないだろうと思い込んでしまいがちです。飲めば飲むほど体の動作や感覚に対する感受性が低下していくからです。それに酔っているときは、腹の立つこと以外なんでもおかしく思えてしまうというのもあります。そうなったらもう〝潮時〟です。

ですからアルコールも、セックスに関してはほどほどが最適なのです。

慢性的な痛みについての特記

慢性的なつらい痛みからは、一生逃れる術はありません。

痛みを抱える当人は、嫌というほどそのことばかり話したあげく飽き飽きしていますし、周りはそのことばかり聞かされて飽き飽きしています。けれどベッドルームでは、慢性的な痛みは物言わぬ第三者として身を潜めています。セックスにおいては、当事者ふたりだけでなく、慢性的な痛みも無視できない重要な要素なのです。

当事者にとって、慢性的な痛みは裏切りのようなものです。彼らはそんなものがなかった時代を、「あの頃はよかった！」と思い出します。

誰だって、痛みに負けて、愛し合う方法を変えたくなんかありません。年を取って弱くなった、性的能力が低下したと否応なく自覚させられるからです。なんて哀れなんだ、と。しかしやがて、痛みは一時的なものではなく、一生続くのだという避け難い事実を受け入れざるをえなくなります。多くの人たちが愛し合い方を変えようとしないのはこれが理由です。変えればセックスの歓びが増すと分かっていても、恐ろしい事実を認めたくないという気持ちが強いのです。それなら痛みを我慢しながらセックスをするほうがいい、ひいてはセックスに対する興味を失うほうがましだと考えてしまうのです。

もしあなたのパートナーが、セックスのときに痛みを感じていると分かったら（あるいはそうではないかと感じたら）、ただちに身柄を確保して、スニッカーズやテレビのリモコンを取りあげ、「言い逃れは許さない」と言ってやりましょう。慢性的な痛みがあるのは分かっていると通告し、話し合いに応じることを要求するのです。パートナーがそれほど痛みを覚えずにセックスできるやり方を見つけることが大切です（〝まったく〟ではなく

〝それほど〟を目指すなんて、すでに痛みが相当な証拠です）。

ベッドでの位置を上下左右で入れ替えてみたり、腰や肩、足首、首の下に枕を敷いたりといった簡単な工夫で痛みが軽減できることもあります。事前にイブプロフェンなどの鎮痛剤を服用したり、２、３分温かい風呂に浸かったりするのも効果が期待できます。首や肩、両手などを５分間マッサージしたり、３分間静かに横たわり呼吸を整えて体をリラックスさせ、心地よい状態になるようイメージしたりするのもいいかもしれません。皆さん、自分からはしないものです。ですから、あなたがパートナーを促しましょう。そしてパートナーが慢性的な痛みを抱えることで陥った老いへの不安に、ともに立ち向かうのです。

損なわれた肉体のイメージ

アメリカでは、脳内の自己イメージと肉体的な外見が一致しないことを、〝恥ずべきもの〟として教育されます。これは体重や姿勢、顔面の非対称、体格、傷、人から見て分かるけが、人工機器（歯列矯正、杖、車いすなど）といった体に関するさまざまな特徴だけでなく、皺など老化のサインに関しても同じです。これらはどれも他者の目（特に鏡）に映る自分と、健康で〝ノーマル〟な自分という自己イメージとのギャップを生み出します。

皆さんも身に覚えがあるのではないでしょうか。私は自分が今の年齢と体重の人間であるという実感がないのですが、あなたは当然、目で見たとおりの姿が本当の私だと疑いもしないでしょう。このギャップのために、多くの人は肉体の現実に直面すると動揺するのです。他者の目に映る体は本当の自分を誤解させるものでしかない、と考えるのです。

こうした厄介な思考プロセスは当人にとってはひどい苦痛です。思春期に特有なものですが、30歳になったとき、出産後、禿げたとき、定年になったときなどいろいろな機会に再び経験する人が大勢います。「なぜこんな姿になってしまったのだろう？　セクシーな（あるいは若い）つもりなのにこの体ではとてもそう見えない（少なくとも私には）」と嘆く人のなんと多いことか。

ですから覚えておきましょう。**セクシーというのは、外見ではなく人間性に関わるものなのだ**と。相手があなたを徐々に理解し、心から好きになってくれたら、あなたの体も自然に応えます。あなたは自分の体を、〝頭痛の種〟ではなく大切なお客様のように扱わなければなりません。

もちろんこれは、あなたがベッドルームで服をすべて脱いだときにこそあてはまります。あなたは自意識過剰になって10年も20年も前の自分の体を思い浮かべ、パートナーが失望を露わにするのではないかとビクビクするでしょう。でも外見が気になってしかたないときは、なんとしてもそのことを頭から追い出し、自意識や自己判断に邪魔させることなく、ただ流れに任せてセックスにいそしむのです。私たちの文化の基準に反したやり方ではありますが、性科学者のミッキー・ダイヤモンドもこう言っています。

「自然は多様性を愛している。残念なことに、社会はそれを憎んでいるけれど」

老化が性にもたらすもの

老化に伴って私たちが経験する主な変化を知り、年を重ねても変化しない性的要素と比較してみましょう。〝老化〟や〝年を重ねる〟ことによる影響が表れはじめる年齢層として私がイメージしているのは、だいたい40歳前後です。でも体の耐用年数は個人差が大きく、30歳ですでに枯れはじめの人もいれば、それくらいの年になって、ようやく性生活を営む奥手な人もいます。

それではまず、老化とともに性的能力にどんな変化が起こるのか見てみましょう。

●欲望：おおむね減退する。
●女性器の潤い：一般的に潤滑液の量も濃度も低下する。
●勃起：より強い刺激が必要になる。硬度や持続時間が低下することも。
●オーガズム：達するまでに長い時間がかかるようになる。持続時間が短くなったり、浅くなったりすることも。
●不応期：射精の後、次に勃起するまでの待機時間が延びることが多い。
●嗜好：典型的なセックスのレパートリーは狭まる傾向にあり、実験的試みは多くの場合減少する。ただし、逆の傾向が見られることもある。すなわち、長く抑制した生活を送ってきた人が突然活発な性生活に入り（新しいパートナー、臨死体験、母親の再婚などきっかけはさまざま）、実験的な試みが増えてセックスのレパートリーが広がる場合も。

次に、どうしたら歳を重ねても性的能力を保てるのか見てみましょう。次の性的要素は成人した後ずっと高いか低いかのいずれかで、あまり変化せず安定しています。

●人と親密になりたいという気持ち
●人から求められたいという気持ち
●自分の体に満足したいという気持ち
●オーガズムの経験
●欲望の強さ
●妄想の内容と量
●嗜好

性的機能は年を重ねるとほとんどが低下しますが、性的心理状態はときを経ても安定し

性的“機能”と年齢
変化するものと安定しているもの

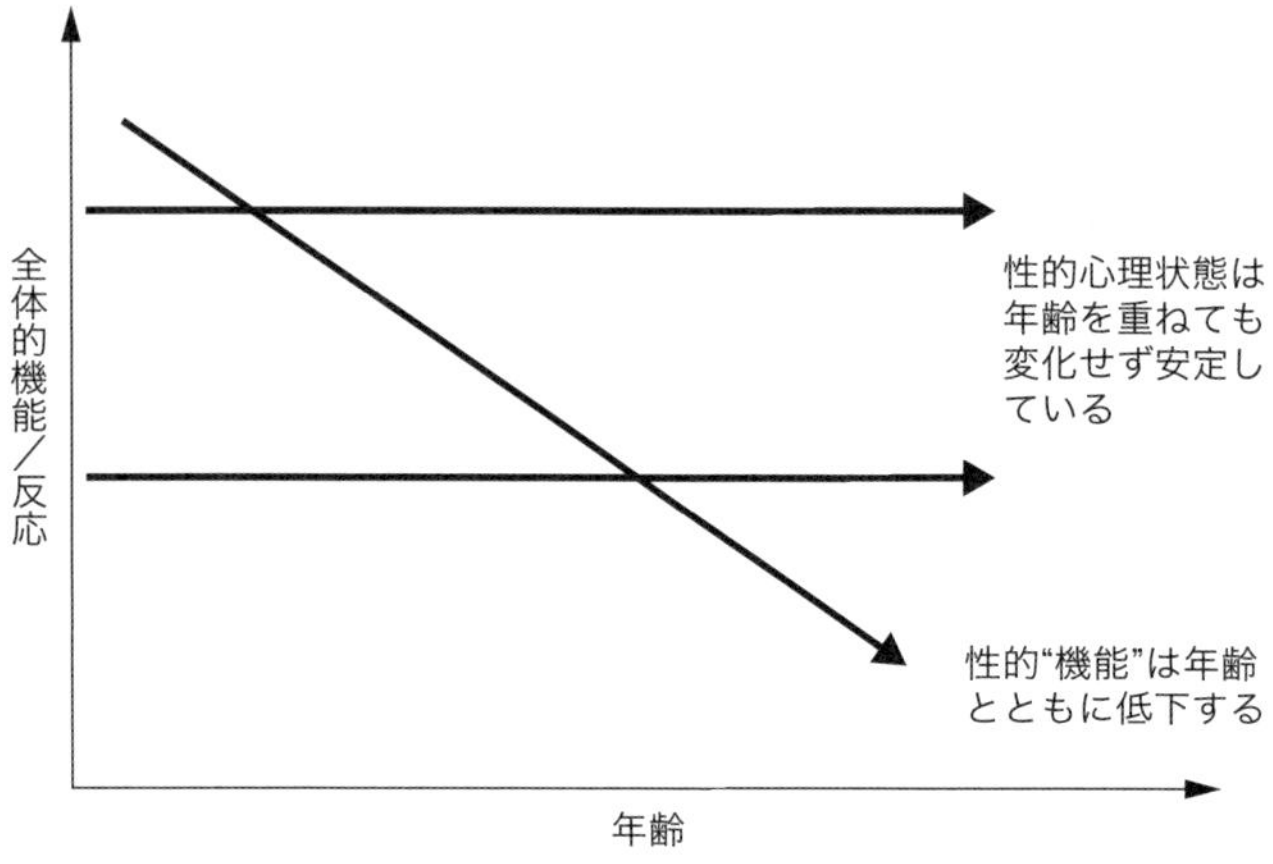

ているこことを覚えておきましょう。セックス・センスは、あなたが両者の違いに適応しつつ自分の性的イメージを変化させていけるよう、手段と動機を提供します。うまく対応できれば、肉体がかつての能力を失ってもセックスを享受し続けることができます。

老化はあなたの性的能力を根こそぎ奪うわけではありません。老化が奪うのは、機能に基づく性的能力の一側面にすぎないのです。それを失ったとき、すべて終わったとあきらめるかどうかはあなた次第です。もし勇気と十分な興味があれば、心理に基づく性的能力を足がかりにして機能の変化に対応しながら、自分を作り直して満足のいく性生活を築いていけるのです。

〝性的なピーク〟に達するという神話

人生において、いつ〝性的なピーク〟に達するのか心配する人が大勢います。ピークと呼べるほどの絶頂期が自分の人生にあるのだろうか？　適切な時期に訪れるだろうか？　パートナーの〝性的なピーク〟と一致するだろうか？　といった具合です。ことセックスに関しては、アメリカ人は皆頂上をきわめたいと願う登山者のようなものです。

人間ははるか昔から、多少のアプローチの違いはあれど、この疑問について思い悩んできました。しかし現代のアメリカ人はいくつかの鍵となる事実について、あまりにも単純化された間違った解釈を信じています。何度も誤って解釈されてきたために、それこそが正しく深遠な事実であるかのように皆が思いこんでいるのです。

起源となった事実はシンプルで、50年以上前に発表されたキンゼイ報告による、男女それぞれの年齢グループごとのオーガズム経験者の割合です。20年後、ゲイル・シーヒー、シェア・ハイト、デイビッド・ルーベン、USAトゥデイなどによってこの調査結果は世間に広まり、数字だけがひとり歩きして偉大な神話のようになってしまいました。男性は18歳、女性は35歳で性的ピークを迎えるというものです。もしこれが本当だとしたら少々の混乱は起こるでしょうが、世界が終わるというほどのものではありません。しかし人々は、この数字のせいでずっと悩み続けてきたのです。

〝自分はいつ性的なピークを迎えるか？〟という疑問への妥当な答えは、次のいずれかです。

●愚問だ。
●心配なのは分かるが、その疑問には意味がない。
●性的ピークに達することはない。
●あなたの意味する内容による。

もしあなたが〝性的なピーク〟を、勃起するまでの早さや硬さ、射精の放出速度や勢いの最盛期だと考えている場合、あるいは普段からくだらない性的ジョークをひねり出すことで頭がいっぱいだというのなら、確かに多くの男性は18歳前後でピークを迎えるでしょう。あるいは、女性の性感が増し、コンスタントにオーガズムを得られる年齢を意味すると考えているのなら、確かに多くの女性は35歳前後でピークを迎えます。

でも、この男女それぞれについての定義は、〝性的なピーク〟を理解するアプローチのひとつにすぎません。たとえば〝性的なピーク〟は、セックスをもっとも楽しめるようになった時期、最大の価値を見出せるようになった時期、理解できるようになった時期、あるいはセックスを通してパートナーとの感情的つながりが最高潮に達した時期と解釈してもいいでしょう。セックスへの興味を失ってしまった人は、もうピークを越えたということです。逆に、セックスに興味があるという人は、まだピークを越えていません。そして運がよければ、この先も下降することなく過ごせるのです。

医師にセックス（および自分の体）について相談する

医師が大学でどれほどセックスについて学んでいないか知ったら驚くでしょう。睡眠時間より短い勉強時間ですむくらいです。

ほとんどの医学部の方針は、〝学生には致死的な病気（あるいは多額の助成金が出るとても珍しい病気）のような大切なことを教えよう〟というものです。ですからかかりつけの婦人科医は性的機能より子宮頸がんについて何倍も詳しいでしょうが、それでいいのです。そうでなければ、患者さんに必要な治療を施せません。

多くの医師が懸念しているのは、患者さんはセックスについて訊かれたくないのではないかということです。私は彼らに「セックスについて訊くのは高いレベルのケアを行っているからだと伝え、患者さんが嫌がっても気にしないように」と教えています。私も同じ経験をしました。新しい患者さんの多くは、私がセックスについて無作法なほど率直に尋ねると、ムッとします。けれどほとんどの人は、しばらく経つと私の意図を理解してくれるようになります。

一方、患者さんに、セックスについてかかりつけの医師に相談するよう勧めると、彼らはたいてい「そんなことを訊いたら、相手の先生を困らせてしまう」と答えます。要するに、医師も患者さんも相手の気持ちを思いやるあまり、次なる一歩を踏み出そうとしないのです。

私が言いたいのは、肌の過敏体質（雨の日でも日焼けする）や胸にいびつな部分があるなど、自分の体について説明するのと同じように、セックスについても医師に話すべきだということです。薬の性的な副作用、生理不順が日常生活に及ぼす影響、アナルセックスの安全性、妊娠してもいないのに乳首から分泌物が出る理由、精液やゴムにアレルギーがあるときの対処法などを訊き、医師にセックスについて話し合うことに慣れてもらうのです。

きまり悪さをどう克服するかは、医師自身に任せましょう。彼らはそれで報酬を得ているのですし、そのような話を聞くことは彼ら自身の私生活にも役立つのですから。

個人的な話

何年か前、私は手をひどく傷めて何カ月か理学療法を受けました。治療にあたってくれたスタッフの何人かが私の仕事に興味を持ち、そこから私たちは親しくなりました。ある日私は、感謝のしるしとして、講演をすることを申し出ました。病院で近々開かれる手の負傷の専門家（理学療法士、作業療法士、スポーツトレーナーなど）の地域会議で、講演者にひとりキャンセルが出たからです。私は〝手の負傷に伴う性的問題〟というテーマで話をすることにしました。

1カ月後、私はマイクの前に立ちました。紹介を受けこの場に招いてくれたことに感謝を述べた後、200人の聴衆に問いかけます。「手を負傷した人たちが、どれほど怒りっぽくなるかお気づきでしょうか？」予想どおり、聴衆は笑い、患者さんの態度を思い出してぶつぶつと文句を言い、頭を振り、汗をかき、冗談を飛ばすなどしました。

私は続けました。

「皆さんは患者さんにいろいろな話をされることと思います。キッチンやバスルームではどうすればいいか、運転や、赤ん坊の抱っこの仕方などについて助言されるでしょう。ではこのなかで、手を負傷した患者さんに、マスターベーションについて話をされた方はいらっしゃいますか？」

とたんに会場は水を打ったように静まり返りました。

「一体なぜ、患者さんはそんなに怒りっぽくなっていると思いますか？　ときには何カ月ものあいだマスターベーションができないからです」と言うと、皆さん涙が出るほど笑いました。けれどやがて笑いは鎮まり、神妙な表情に取って代わります。

「どうすればセックスについて患者さんとうまく話せるか、なぜそうした話題の大切さが見逃されがちなのか、お話ししましょう」

そのときの講演は、今でも語り草になっているようです。

健康と老化についての神話

健康と老化については膨大な量の正確な情報が出回り、容易に目にすることができるようになりましたが、それでもなお、多くの偏見と間違った考えが流布しています。ですからこの章を、セックスや健康、老化に関してのクイズで締めくくりましょう。

以下の質問に○か×でお答えください。（解答は254ページ参照）

- 女性は年を取るとオーガズムを感じなくなる。
- 若いときと同じで、男性は年齢を重ねても射精をしなければ性的に満足できない。
- 総合的に見て、年のいった人は性的存在とは言えない。
- ピルには発がん性がある。
- 中絶はうつを誘発しやすい。
- 妻や恋人に欲望を感じなくなった男性のほとんどは、男性ホルモンの一種、テストステロンが不足している。

●妊娠を5カ月試みて成功しない場合、自分かパートナーのいずれかに原因がある。

●男性のほとんどは巨乳好き。胸の小さい女性は欲望を感じてもらえない。

●たいていの人は、酒を飲むと洗練された誘惑ができるようになる。

●男性は勃起できないとセックスを本当には楽しめない。

●初めてのセックスでは妊娠しない。あるいは行為後、女性が立ち上がったりすぐに膣洗浄を行ったりした場合も妊娠しない。

●女性が性交だけではオーガズムを得られない場合、セックス・セラピーや投薬治療を受けたりパートナーを変えたりすれば、オーガズムを得られることがある。

●毎年多くの年配の男性が、激しすぎるセックスが原因で急死しているが、相手は妻ではなく、プロの女性との性交や不倫の最中であることがほとんど。

●妊娠3カ月以降のセックスは、一般的には控えるべき。

●ほとんどの医師は、セックスに関して必要な知識をすべて持っている。

●ほとんどの薬には、性的な副作用はまったくないか、あるいはわずかしかない。

●容貌に秀でた人は恋人としても最高で、セックスも上手。
●バイアグラのような勃起治療薬は、女性にも効く。
●ほとんどすべての性的〝機能不全〟は、さかのぼるとレイプや性的虐待、子供時代の貧困といったトラウマが原因である。
●勃起障害はもちろん、セックスにおいては最大の問題だ。
●あなたがヘルペスやクラミジアのような性感染症にかかっている場合、誰もあなたとは性交をしたがらない。セックスをしたいとほのめかすことさえ、無責任だ。

クイズの答え‥

すべて間違っています！　議論するまでもありません。いろいろと思うところがある人もいるかもしれませんが、事実は疑問の余地がないものです。

第10章

けっして失敗しない（必ず成功する）セックスを作りあげる

セックス・センスの活用

Chapter 10

Creating Sex That Can't Fail (or Succeed)

Using Your Sex Senses

フェラチオNG！　正常位以外NG！
そして挿入至上主義。

――30代、保守的カップル

マッコイとクリスタルは、30代半ばの感じのいいカップルでした。ふたりともロシア正教徒で私の患者さんのなかではやや保守的、それぞれの家族も同じ地域に住んでいました。子供がひとりいて、もうひとり希望していましたが、その前に生活の〝親密な部分〟について問題を解決したいと考えてセラピーに訪れました。セックスを〝ストレス〟や言い争いの種ではなく、より〝精力的〟で〝相手との絆を深める〟ものにしたかったのです。

ふたりそろって控えめで、理想のセックス像についてもほぼ一致していたので、それが誤ったものかもしれないという疑問を抱くこともありません。そこが突破口になると私は考えました。

私たちは、かなり伝統的なふたりの関係――主たる稼ぎ手は彼で、彼女はパートタイムで看護師をしながら子育てと家事を担当――について話し合いました。ふたりのあいだの力関係や自立性、意見の不一致といった問題とともに、教会に対するイメージについても議論しました。マッコイはそれほど熱心な信者ではありませんでしたが、クリスタルはほぼ毎週通っていました。一方で彼女は、避妊やセックスは〝個人的な〟問題で、自分たちで決めるべきだという意見でした。彼女の自立した考えは後で役に立つと思い、私は心に留めておきました。

セラピーは興味深い様相を呈しました。セックスについてあれこれ提案すると、ふたりが代わる代わる拒否するのです。たとえばマッコイはローションの使用を嫌がりました。彼に言わせれば、「もしそんなものが必要だとしたら、そもそもクリスタルが感じていないということだ」と言うのだから大問題です。クリスタルは、セックスは必ず挿入で完結しなければならないと考えていました。

またマッコイは、フェラチオに否定的でした。女なら売春婦しかそういうことをしないし、〝本物の男〟はそんな真似はけっしてしないというのです。クリスタルは、前もってセックスをする日を決めるのを嫌がりました。セックスは〝自然発生的に〟行われるべきで、そうでなければ〝あまりにも機械的で、ロマンチックじゃない〟とのこと。また彼女は、いわゆる正常位以外は拒否しました。他の体位はどれも、〝レディらしくない〟し、胸やお尻に自信がないのに目立ってしまうからだとも述べました。

まるで膠着《こうちゃく》した状況から抜け出さないよう、ふたりして無意識に協力し合っているかのようでした。どちらもセックスに対してあまりに硬直した見方をしているため、性的に親密さを深める余地などありません。正しいセックスを正しくやり遂げようとするあまり、リラックスしてただ楽しむことができなくなっていたのです。

彼らの性に対する固定観念が、どれほど親密さを阻害しているか、私は説明しました。

「セックスしようと服を脱いでベッドに入るのは、簡単です。でも仲よくじゃれ合うようにベッドに入ってセックスをするのは、そう簡単じゃありません。あなた方がセックスをもっと親密なものにしたいと望んでいるのは、素晴らしいことです。でも、どうやって実現するつもりですか？　特別な体位があるとか大人のオモチャを使えばいいというわけではありません。秘訣なんかないんですよ。どれだけ感情的に深く関わり合えるかという問題なんです」

彼らは私と話すうち、セックスの際、相手と感情的に関わるのを避けていること、自分が受け入れられていると心から信じていないこと、親密に振る舞わずに、しかし親密な体験をしたいと望んでいることを徐々に理解していきました。これらを認めれば愛がないということになるのではないかと彼らは恐れていましたが、愛し合っているかどうかはまったく別の問題だと私は請け合いました。

セックスは、すれば必ず親密になれるというわけではありません。親密な行為になるよう努力しなければならないのです。それに気づいていない人もいれば、自分が努力していないと認識できない人もいます。努力するのはパートナーの責任だと考える人もいます。パートナーが男だから、女だから、自分より経験豊富だから、伝統的にそういうものだから、自分は恥ずかしいから、といった理由で。

その後5回のセラピーが終わる頃には、私の言ったとおりになりました。ふたりは自分たちのしていたことを徐々に理解し、問題のある行動を減らそうと努力しはじめ、行き届かなかった部分を話し合いました。私はいくつかの提案をして、セラピーはもう終わりにするよう勧めました。ふたりは、定番のセックスにいくつかバリエーションを加えました。

キスとオーラルセックスを増やし、新しい体位をふたつほど追加したのです。ふたりは私の〝挿入至上主義への揺さぶり〟に対してまだ抵抗していましたし、マッコイはクリスタルが自分のモノよりも簡単にバイブレーターでオーガズムに達することに未だ居心地の悪さをぬぐえずにいました。

でも私たちは、セックスの神秘を解き明かすことに成功したのです。彼らにとってセックスはより現実的なもの、自分たちで創造していくべきものとなりました。漫然と成り行きに任せ、親密な行為になることを期待しながら、しぶしぶ結果を受け入れるだけのものではないと悟ったのです。

ここまで見てきたように、**セックス・センスが目指すのは、絶対に誰も〝失敗〟しないセックスです。〝失敗〟しないのはなぜか？　そもそも、〝成功〟を目標にしていないからです。**〝ノーマル〟の基準で行為をとらえなければ、〝好きかどうか〟〝パートナーは楽しんでいるかどうか〟というふたつの観点だけを気にすればすみます。成功を目指すわけではないので、最終的な結果に一喜一憂することもありません。ですから途中のすべての瞬間を楽しめるのです。必ずしも完璧とは言えないとしても、いいセックスで終わることは分かっているのですから。

セックス・センスは、セックスへの能動的な関わりを目指します。文化的な規範に沿ったセックスの呪縛から自分を解き放ち、自分に合ったセックスを創造しようというものです。それが達成できれば、どんなオーガズムより快感です。

間違いや失敗という概念が存在しないセックスをともに達成していこうと、第1章で約束しました。

あなたが本書に挙げた次のような実践的アイデアや戦略を吸収し、そんなセックス像を作りあげてくれることを願っています。

- 自分がセックスに求めるものを追求する。
- セックスをうまくいったかどうか結果で判断するのをやめ、リラックスして楽しむことを目指す。

●あなたやパートナーが性的に〝ノーマル〟であるかどうかを問題にしない。

●セックスについてパートナーとよく話し合うことの大切さと、効果的にそれを行う方法を理解する。

●性的な生理機能について、現実を受け入れる。いつでも安定的に勃起できるわけではないこと、性的反応は年齢とともに変化すること、セックスの前も最中も感情が体の反応に影響を与えることを理解する。

●セックスの前も最中も、ふたりの体が調和しながら高まっていくよう心がける。またそれを達成するために、時間をかけてことを進める。

●特定の場所だけを〝性感帯〟と定義しないこと。

●セックスをいつまでも楽しむために、年を重ねるにつれ、セックスも形を変えていくという現実に対して心の準備をし、折り合いをつける。

●性的な機能を気にするよりも、ひたすらセックスを楽しむことに集中する。

本書ではずっと、勃起や女性器の潤いやオーガズムといった性的〝機能〟について、それ自体を「目標」と見なすのではなく、自分が望むセックスを達成するためのひとつの手段として扱ってきたことを思い出してください。

本書の冒頭で、人がセックスに求めるものは何でしょう？　と私が尋ねたことを覚えていますか？　あなたもそうだと思いますが、ほとんどの人は他者との関係を深めること、親密になることだと強調します。この点について患者さんがより掘り下げて考えられるよう、私は次のような質問をします。

- セックスの主目的が親密になることだというのなら、相手とセックスについて話し合えばいいのではないか？　パートナーがセックスに関して沈黙するのをなぜ許すのか？
- セックスの目的の少なくとも一部は親密になることだと考えているのに、相手と話し合えない、あるいは話し合おうとしないなら、セックスを楽しむために必要な親密さをどうやって築いていくつもりか？
- 必要な語彙もなしに、どうやってセックスについて話し合うつもりか？

●セックスにあたって感情を表に出さないようにしているのなら、どうやってセックスを親密なものにするつもりか？

どれほど穏やかに問いかけても、私がこのような質問をすると患者さんは居心地悪そうにします。もしあなたも今そんなふうに感じているのなら、お気の毒だと思います。でもあなたにとってセックスの主な目的が親密になることなら、達成に向けて行動しなければなりません。方法についてはすでに本書で述べてきましたが、追加として、失敗の存在しないセックスを構築することで親密さを達成する方法を次に説明します。これこそがセックス・センスが目指すものです。

相手を親密に感じるまで——あるいは準備ができるまで——セックスを始めない

セックスをするのに相手を心から愛している必要はありませんが、どんなに体が求めていても、相手に対して何の感情も抱けず、あるいは腹が立ったりしている場合にことに及ぶのは、賢い行動とは言えません。そんなとき、ふたりはまず心の距離を縮めるために努力すべきです。これを怠ると、寂しいセックスしかできません。ひどい場合には体が言うことを聞かず、後味の悪い思いをすることになります。

たとえふたりのあいだに愛があったとしても、セックスをするときには日常から切り離される手続きが必要です。一緒に入浴するとか、好きな食べ物を少しだけ一緒につまむといった儀式を行うカップルもいます。せわしなかった一日の後、一緒に座り、しばらく心を鎮めるカップルもいます。こうした気分転換は、時間の無駄ではありません。これを行うかどうかでセックスを楽しめるかどうかが左右されるという人が大勢います。

多くの人が、セックスに向けて気分を高めるための行為を、〝前戯〟と呼びます（そのセックスが挿入を伴うか否かは問いません）。前戯にはキスや愛撫、あるいは性器への直接的な刺激なども含まれます。もしあなたがこうした行為を好まないというのなら、他に選択肢はふたつ。ひとつは性感を刺激するような別の行為をすること（彼の髪を洗う、彼女の足の指をなめるなど）。もうひとつはセックスそのものを見送ることです。

多くの人は最後にセックスをしてから間隔が空けば空くほど、次にセックスをするときに、ぎこちなさを感じるものです。そういう場合はなおさらこの種の行動（言葉やしぐさ、相手に触れることなど）が重要になってきます。

誘う手順をシンプルにする

ふたりが性的関係を持ちはじめて間もない頃は、セックスは意識的に〝始める〟ものではなく〝たまたまそういうことになる〟ものです。けれど2年か3年でそういう時期は終わり、セックスをするにはどちらかが誘いかけることになります。相手がそれを受け入れるか否かは場合によりけりですが。

ところがセックスにいろいろな意味を持たせすぎて、この開始のプロセスが煩雑になってしまっている人が大勢います。誘惑のサインを受け取って「仕事が忙しくて疲れているのに、ちっとも分かってくれていない」と感じる人がいます。また、さしたる理由もなしにセックスを拒否するのは、自分自身を愛していないか、魅力的だと感じていないからだと解釈する人もいます。「ノー」と答えるために必ず言い訳をつけ加える人、また誘われたことに乗じて喧嘩を蒸し返す人もいます。「母に昨日あんなことを言ったくせに、私がセックスに応じると思っているの?」といった具合に。

セックスのきっかけについて患者さんに訊いたところ、興味深い答えが返ってきました。

●「私から誘うことはありません。誘ってほしいときは、黙って特別なナイトガウンを着ます。すると彼には、私が誘いを待っていると分かるというわけ。必ず彼は誘ってきます」

●「私が欲望をほのめかすと彼がプレッシャーを感じるので、普段そういうことはしません。でもベッドで横たわるときに後ろからぴたりとくっついても彼が体を引かなければ、誘いを受け入れる可能性があると分かります」

●「『今夜はどうだ?』なんて直接的な誘い方をされるのは嫌です。セックスをしたいのなら、シャワーを浴びて髭を剃ってからベッドへ来れば分かります」

●「セックスに誘っていると勘違いされるので、下手におやすみのキスもできません。

それなのに彼女は、ちっともキスしてくれないと文句を言うんですよ」

パートナーからの誘いを断ると、ふたりのあいだに気まずい空気が流れます。そうならないよう、たとえ多少は失望してもそれほど嫌な思いをさせずに誘いを断る自分たちなりの方法を、すべてのカップルは持つべきです。言い争いや冷たい雰囲気になるカップルが多すぎます。

あなたは、セックスへの誘いをパートナーに断られたらどうしますか？

拒否された患者さんが当然のようにとる行動に、私は驚きを隠せないことが多くあります。

「ちょっと待ってください。あなたは彼と愛を交わしたかったんですよね。ふたりの親密さを実感して、一緒に歓びを得たいと思ったんでしょう？　特別な20分間にしたかったはずです。それなのに、断られたら彼に背を向けたんですか？　抱きしめたり話をしたり、彼と目を合わせたりすることさえ拒否したというんですか？」

「だって、それが普通でしょ」という言葉を、何度聞いたことでしょう。いえいえ、それは普通ではありません。あなたが選択した態度です。ふたりの関係を損ない、次の楽しいセックスの可能性を低くする行動です。もちろん、あなた自身だっていい気分のはずがありません。

多くの患者さんが、拒否されたと感じたとき、うまく対処できなくて悩んでいます。

「だって、拒否されてうれしい人なんかいません」と訴えるのです。

「彼女はあなたを拒否しているわけじゃなくて、セックスを拒否しているだけです」と私はいろんな患者さんに繰り返し言ってきました。それでも納得してもらえないときは、こう言います。

「あっちへ行って、気持ち悪い、あなたとは金輪際セックスしたくない、と言われたわけじゃないんですよ。彼女はたまたまそのときセックスしたくなかっただけです」

もちろん拒否した側には、率先してパートナーを抱きしめたり触れたりするよう促しています。そして誘った側には、これをイエスのサインと勘違いしてはいけないと釘を刺します。

「今日デートしない？」という誘いに対する答えに、イエスとノー以外のさまざまなバリエーションがあるように（「早めに帰れるのならいいわ」「お酒を飲みたいのならダメ」「午後に昼寝できる時間があったらね」「スポーツクラブから戻った後、もう一度訊いて」など）、「セックスしない？」という誘いに対しても、イエスとノー以外にたくさんの答えが存在します。たとえば、次のようなものです。

- 「ちょっと疲れているから、あなたが積極的にリードしてくれるならいいわ」
- 「私がオーガズムを感じなくても気にしないでくれるなら、いいわ」
- 「明日まで待ってくれたら、もっと元気に頑張れるんだけど」
- 「まだ唇が痛いから、キスなしでも楽しめるならオーケー」
- 「時間が遅いから、手早くすませてもいい？」
- 「いいけど、仕事の締め切りが気になって集中できないかも。それでもしたい？」

最後に、子供など自分たち以外に同居している人間が家にいる場合は、いつセックスをするかあらかじめ決めておく必要があります。約束といっても、その日のセックスを義務づけるものではありません。いざそのときになってみたら頭が痛かったり、1日中犬の看病をして気が立っていたりするかもしれません。つまり約束とは、その日はふたりとも他に予定を入れず、セックスをする心づもりをしておくという程度です。特定の日の特定の時間に体を空けておき、なおかつふたりともそういう気分だったらセックスをする。こうすれば、私がしょっちゅう聞かされる「最近ごぶさたなのを私のせいにしないでよ。この前の火曜日は大丈夫だったのに、あなたはひと晩中メールしていたじゃない」といった不満を回避できます。

けれども計画的にセックスをするなんていう考えは不愉快で、それならしないほうがましという人もいます。そういう人に限って、全然セックスできないと文句を言うのです。思うに、明らかにある人たちにとってはセックスのきっかけはひとつだけで、応じないパートナーはまったくの礼儀知らずと考えるのです。

セックスを〝始める〟とは、単純に日常からセックスへと切り替えることを意味しています。この切り替えをどう行うか、ふたりの意思統一が欠かせません。そうでないと、どちらが誘うべきか、こういうのはロマンチックじゃないとか、どのタイミングで訊くのが最適なのかなどと議論になるばかりで、永遠にセックスまでたどりつけません。

驚きは失望ではない。失望は失敗ではない

セックスの前に、どんなふうにパートナーに触れようか、どんなふうにキスされたいか、パートナーはどれほど熱く応えてくれるだろうか、どんなに素晴らしいオーガズムが待っているかなどと思いを巡らせるのは楽しいものです。こうした想像をパートナーと一緒に行えば、楽しさは倍増します（「今夜はたっぷり時間をかけてかわいがってあげるからね」とか「土曜日には、君がイクまでなめ続けるよ」などなど）。

とはいえ、今夜は必ずこういうセックスをすると、こだわりすぎないことも大事です。必ずしも予定どおりにことが運ぶとは限らないからです。

始まる前にやりたいことを思い浮かべるのは結構ですが、その後は臨機応変に対応しなくてはなりません。男性が勃起するかしないか、ふたりとも〝スター・トレックごっこ〟をする気分になっているか、双方に時間とエネルギーが同じくらいあるか、あなたや相手

の足がつったりしないか、パートナーがあなたの望むタイミングで的確な場所をちょうどいい強さで噛んでくれるかどうか――さまざまな要素によって、状況はいかようにも変わるのです。

ラッキーなことに、セックスにはあなたが妄想したやり方以外にも無数のバリエーションがあります。それに次の機会もあるのです。

オーガズムを過剰に評価しない

ここまで私がオーガズムについてほとんど触れてこなかったことに気づかれた方もいるでしょう。セックスがシンプルで十分満足できるものであるとき、オーガズムは流れの一環にすぎないからです。無視できないほど大きな意味を持つのは、オーガズムに問題があるときだけです。たとえばセックスでオーガズムを得られない、達すると痛みを感じる、自意識過剰になったり罪悪感を感じてしまったり、というような問題です。

セックスが私たちにもたらすものは多彩です。相手との関係が深まる、相手を歓ばせてあげられる、自分はきれいで人から求められる魅力的な人間だと感じる、知らなかった自分を発見し表現できる、疑似的な支配と服従関係を楽しめる、罰を受けることなくタブーを破れる、など人それぞれです。

このようなセックスのメリットと比べ、オーガズムに突出した価値があるわけではありません。ちょっとうれしいおまけ以上の意味はないのです。

またオーガズムは、まるで太陽や月や星にまで行ったかと思うような（お好みでナルニア国でもホグワーツでも中つ国でもいいですよ）解放的で素晴らしい一瞬ですが、ときに素晴らしいだけではないこともあります。せっかくオーガズムを得ながら、ほとんど味わおうとしない人が大勢います。そういう人たちは、どれくらい時間がかかったかなど別のことばかり気にしているのです。またオーガズムを、セックスがうまくいったかどうか（自分にとって、パートナーにとって、双方にとって）の指標にする人もいます。彼らにとってオーガズムは「達成」という事実のみが重要で、味わうものではありません。またパートナーとの感情的なつながりが存在しないとき、オーガズムは孤独な体験となります。

セックスの最高の部分はオーガズムだという人は、多くのものを逃しています。オーガズムのときにだけ歓びを感じるという人は、他の部分をないがしろにしてしまっているのです。

さて、結局どうすれば絶対に失敗しないセックスにできるのでしょう？　答えは、もっと大人のセックスをすること。しらふの状態で、なるべく環境を整え、譲れない条件だけを満たし、卑屈にならずあるがままの自分を受け入れ、そのときどきで得られるものを素直に楽しめばいいのです。

付録

ハンドマッサージ

Appendix

Hand Massage

どちらがAでどちらがBか、決めましょう。どちらでもかまいません。

一連の手順には5分かかります。ラジオやテレビはつけないでください。ふたりだけになれる場所で行い、携帯電話は持ちこまないようにしましょう。メーカーやタイプは問いませんので、何かハンドローションを用意します。まず、手を洗って乾かします。次にそれぞれが自分の手にローションを少量つけ、がさつきがなくなるまで塗りこみます。

AはBの手を取ってください。そして自分の歓びと興味に従って、Bの手をこすります。爪やタコ、ふっくらとした場所を観察したいと思うかもしれませんね。力を入れてこすりたいという人や、優しくこすりたいという人、あるいは交互に強くしたり弱くしたりしたい人もいるかもしれません。Bは、何を考えているのか相手に分からないよう黙っていてください。しぐさや表情の変化あるいは言葉で、何が気に入ったか悟られないようにします。痛かったりくすぐったかったりする場合だけは、そう言ってかまいません。言われたらAはこすり方を変えてください。

Aは、これを1分間続けます。続けているあいだ、その手をよく見るようにしましょう。時間が過ぎたら、手を離します。そして次にBのもう一方の手を取ります。この手も1分間こすりますが、今度は自分が楽しむのではなく、Bに歓び楽しんでもらえるようにします。Bは今回、言葉などで自分がどう感じているかAに伝えるようにします。ただし、どうしてほしいか言ってはなりません。続けたほうがいいのかやり方を変えたほうがいいのか分かるように、ただAのすることに反応するようにします。AはBの反応に従って、思いつくままさまざまなやり方で手をこすり続けます。1分たったら、手を離します。

交代です。今度はBがAの手を取って、自分の興味のおもむくままにこすります。1分たったら手を替えて、今度はAに喜んでもらえるようにこすります。こすっているときに手を見つめることを忘れないでください。

ふたりとも終わったら、今経験したことについて、短くていいので意見を交換しましょう。もっとつっこんだ話をしたいと双方の意見が一致したら、そうしてください。この経験について興味深いと思ったことを、それぞれ最低ひとつは言いましょう。

「セックスの壁」はあなたの心の中にある

解説　宋 美玄

私も都内の婦人科クリニックで、セックスカウンセリングを行っています。

本書を読んで感じたことは、まず、日本とアメリカでは、カウンセリングに来られる方の相談内容がまったく違うということです。私が受ける相談は、（婦人科内のため女性主体です）セックスに関するもっと深刻な悩み、たとえば、「挿入するときに痛い」とか、「最近濡れなくなった」とか、「妊娠したいけれど、セックスがうまくいかない」といったようなものです。

本書にあるようなレベルの話、たとえば、「自分の性癖をパートナーが受け入れてくれない」とか、「誰とでもすぐにセックスしてしまう自分をどうしたら止められるのか」などといった内容で来られる患者さんを、私は滅多に見たことがありません。日米でどうしてこのような差異が生まれるのでしょう？　２つの理由が考えられます。

1　性癖にかかわる悩みを人に言うのは恥ずかしいから。

2　自分が性的にアブノーマルだとわかっていても、日本人はそれほど深刻に悩まないから。

「秘すれば花」が日本人のメンタリティーですが、その反面、2に見られるような能天気さも日本人は併せ持っています。日本人が文化比較論を語るとき、よく、「アメリカは日本よりもずっと解放的で、受け皿が広い」というようなことを前提としますが、「それって本当だろうか……」と、ときどき首を傾げます。ことセックス文化においては、日本のほうが断然、自由で開放的な風土である気がします。性器はもちろん、男女の性交シーンさえも包み隠さず明るくカラフルに描いた春画が、現代になって欧米の美術界で大変もてはやされているのも、それに類する絵画が西洋では芸術として受け入れられて来なかったことが関係していると思います。

宗教的な背景もあるでしょう。以前私は、『愛が深まるセックス体位365』(小社刊)というアメリカの「体位指南写真集」の翻訳出版にかかわりましたが、日本でいう、いわゆる「正常位」の体位をアメリカでは「missionary position(聖職者の体位)」と呼んでいます。かつて聖職者は、これ以外の体位でセックスすることはご法度でした。もちろんこの体位は日本人も昔から行っていましたが、「正常位」と名付けたのは、実は欧米の発想が明治時代に輸入されたからであり、それまでは、この体位が「正常」、すなわち一番ノーマルであるという考え方は、日本の文化にはなかったと思われます。

いかにアメリカが、セックスに関して非常に厳しい取り決めをしていたかは、本書の2章「私はノーマル?〜」を読んでもわかります。1965年以前、避妊は違法とされていたなんて、想像を絶します。しかも、未婚の男女間では1972年まで禁止だったなんて……。それにアナルセックスは2003年になってようやく非犯罪化! 私は衛生的な問題から、アナルセックスはお勧めしていませんが、犯罪にしてしまうなんてもう絶句です。

こうした例を見ても、日本人は、性的にもっとも冒険している国民かもしれません。官能小説の世界を見ても、性産業の世界を見ても、これほど多種多様なシチュエーションと工夫が施されているのは、日本だけだと思うのです。

ただ一方で、「いくつになっても特定のパートナーとの性的関係を大切にしたい!」という考え方は、アメリカ人のほうが日本人よりも成熟しているように思いました。本書に紹介されている相談者は、基本、パートナーとこれからもずっと愛し合いたいと思っている。愛し合いたいからこそ、いいセックスをしたい。それは、夫婦関係や恋人関係を保つ上で、当然のことだと捉えています。ここが、日本と大きく違っている。

日本人は男も女も、40代以上になると諦念の境地に入っていきます。

「今さら夫とそんな雰囲気になれない」

「今さら妻になんか勃ちません」

エロスと緊張感を持った男と女の関係でいられるのは、せいぜい10年未満という人が大多数ではないでしょうか。だから40歳を過ぎれば、男も女も、エロスを生活圏の外に探しに行こうとし（それがバーチャルの世界であっても、一夜限りのことであっても）、家庭内に持ち込むのは「みっともない」と考えるのです。

だけど、夫婦が時を経て、どんなに仲のいい家族になったとしても、セックスを一切タブーにするというのは不健康なことだし、口には出さずとも両者のどちらかが不満を持っている場合がほとんどではないでしょうか。以前は確実にあったエロスをゼロに引き戻した男女関係というのは、脆さを孕んでいる気がします。

自分の肉体が若い頃とは変化してしまったことを理由に、性を遠ざけてしまうのは、この超高齢化時代にとってナンセンスなこと。もしも40代でセックスを諦め、〈セックスの壁〉を作ってしまったら、人生の半分以上をセックスなしで過ごすことになるのです。それこそ、アメリカ文化では考えられないことでしょう。

そして、40歳を過ぎてからセックスを楽しむためには、若い頃と同じセックスをしようという考えをまずは捨てるべき、と本書は言っています。

では、〝若いセックス〟とはなんでしょう？

すなわち、挿入とオーガズムにこだわりすぎるセックス、ということではないでしょうか？　お金を出して行うセックスや火遊びとしてのセックスならば、自分が若い頃と同じようにできるかどうか、上手に相手をイカせられるかにこだわるのもいいかもしれません。しかし、長年のパートナーに対してそこに執着をしていては、セックスそのものが億劫になってしまい、元も子もない関係に陥ってしまいます。

勘違いしないでほしいのですが、長年のパートナーとのセックスはおざなりでいい、と言っているわけではありません。相手が本当に求めていることは何かを考え、挿入至上主義とオーガズムを捨てたその先に、もっと深い愛が見えてくる。そして、〈セックスの壁〉は自らの心が勝手に作りだしていたものだということにも気がつくはずです。本書は男性にも女性にもそういう気づきを与えてくれる良書だと思います。

他の人が、週に何回しているのかとか、勃起能力やサイズはどうなのかとか、どんなふうにイカせているのかとか、過度に気にする必要はないのです。あなたと相手が感じていれば、それでいい。みんな違って、みんないい。セックス・センスを高めるということは、まずは隣の芝生を気にしないということから始まるのです。

宋 美玄（そん・みひょん）

1976年兵庫県生まれ。医学博士。産婦人科専門医。日本産科婦人科学会、日本周産期・新生児医学会、日本思春期学会、日本性科学会、日本性機能学会、日本母性衛生学会会員。大阪大学医学部を卒業し、産婦人科医に。川崎医科大学で講師を務めた後、ロンドンで胎児超音波の研鑽を積む。現在、産婦人科医として川崎医科大学で臨床と研修に携わりながら、首都圏のクリニックで産婦人科診療やカウンセリングを行う。女性の身体や性生活、妊娠・出産等についての啓蒙活動にも積極的に取り組み、TVや雑誌等で活躍中。『女医が教える本当に気持ちのいいセックス』『女医が教える本当に気持ちのいいセックス 上級編』『女医が教える本当に気持ちのいいセックス スゴ技編』が累計80万部を超えるベストセラーに。『コミック版 女医が教える本当に気持ちのいいセックス』『産科女医が35歳で出産してみた』（すべて小社刊）など著書多数。

翻訳　河村めぐみ

日本で大学を卒業後、アメリカに留学。ミシガン大学心理学部大学院卒業。帰国後、外資系企業に勤務しながら、フィクション、実用書など、幅広く翻訳・編集業務に携わる。現在は翻訳に専念。訳書に『まじめなのに結果が出ない人は、「まわりと同じ考え方をしている」という法則』（三笠書房）『臨死体験9つの証拠』『終わりなき危機』（小社刊）『ポール・ランドのデザイン思想』（スペースシャワーネットワーク）など。

セックス・センス ――「挿入しない」という快楽

2015年5月19日　　初版第一刷発行

著者　マーティ・クレイン博士

〈日本語版スタッフ〉
翻訳　河村めぐみ
解説　宋美玄
カバー装丁　秋吉あきら（アキヨシアキラデザイン）
本文デザイン　谷敦（アーティザンカンパニー）
翻訳協力　株式会社ラパン
Special Thanks　竹内えり子（日本ユニエージェンシー）
編集　黒澤麻子　小宮亜里

発行者　木谷仁哉
発行所　株式会社ブックマン社
〒101-0065　千代田区西神田3-3-5
TEL 03-3237-7777　FAX 03-5226-9599
http://www.bookman.co.jp

印刷・製本：凸版印刷株式会社
ISBN 978-4-89308-842-0